面倒だから、しよう

渡辺和子

幻冬舎文庫

はじめに

「面倒だから、しよう」は、おかしな日本語かもしれません。「面倒だから、よそう」があたりまえでしょう。これは、面倒くさがり屋の私が自分にいい聞かせている言葉であり、学生たちとも、一緒に使っている言葉なのです。

学生たちには、「この世の中には、お金で買えないものがあり、その一つが心の美しさなのだ」「しようか、どうしようかと迷ってもいい。でも、そこで、自分の怠け心と闘った時に、初めて、本当の美しさ、自分らしさが生まれてくるのだと思う」といっています。

「きれいな人」と「美しい人」とは、混同して使われるケースも多いのですが、必ずしも同じではありません。

マザー・テレサが来日された時、「私が一番びっくりしたのは、日本のきれいさだ。街路、服装、自動車、何もかもきれい。しかし、もし、あのきれいな建物、家屋の中で親子の間の笑顔、夫婦間の思いやりがないとしたら、インドの貧しいながら、ぬくもりのある家族の方が幸せだ、と思う」といわれました。

「きれい」は、お金を必要とします。「美しさ」に必要なのは、心の輝きなのです。

今のように、手間ひまをかけないですむものが溢《あふ》れている時こそ、自分の心の中の小さな闘いが必要であり、その結果としての美しさが世の中を明るくするのではないでしょうか。

面倒だから、しよう

もくじ

第1章 ていねいに生きる

第2章

幸せは、自分が決める

第3章 私が歩んで来た道

第4章 相手の気持ちを考える

DTP 美創

ほほえみ

ほほえみは、お金を払う必要のない安いものだが
相手にとっては非常な価値をもつものだ

ほほえまれたものを、豊かにしながらも、
ほほえんだ人は何も失わない

フラッシュのように、瞬間的に消えるが、
記憶には永久にとどまる

どんなにお金があっても、ほほえみなしには貧しく
いかに貧しくても、ほほえみの功徳によって富んでいる
家庭には平安を生み出し、社会では善意を増し
二人の友のあいだでは、友情の合言葉となる

疲れたものには休息に、失望するものには光になり
悲しむものには太陽、さまざまな心配にたいしては、
自然の解毒剤の役割を果す

しかも買うことの出来ないもの、頼んで得られないもの
借りられもしない代わりに、盗まれないもの、
何故なら自然に現れ、与えられるまでは、
存在せず、値うちもないからだ

若《も》しあなたが、誰かに期待したほほえみを、
得られなかったら、不愉快になるかわりに
あなたの方からほほえみかけてごらんなさい

実際、ほほえみを忘れた人ほど
それを必要としているものはないのだから

第1章

ていねいに生きる

つながり

小さなことに大きな愛をこめて

「愛は溢《あふ》れゆく」といわれています。

一人の長距離トラックの運転手が、自分の体験を新聞に投書していました。

「その日、自分は夜っぴて運転し続けて、あと少しで目的地に到着するはずでした。朝の七時頃《ごろ》だったでしょうか、目の前を一人の小学生が、黄色い旗を手にして横断歩道を渡り始めたのです」

運転手は疲れもあってでしょう。いまいましく思い、急ブレーキをかけてトラックをとめました。ところが、その小学生は渡り終えた時、高い運転台を見上げて、運転手に軽く頭を下げ、「ありがとう」といったのだそうです。

「私は恥ずかしかった。そして決心したのです。これからは横断歩道の前では徐行しよう。そして、もし道を渡る人がいたら、渡り終わるまで待ち、笑顔で見送ろう」

ほほえみ、優しさ、愛は、このようにつながってゆき、溢れてゆくのです。運転手に笑顔で見送られた人は、嬉《うれ》しくなって、多分、言葉も、態度も、その日一日優しくなったことでしょう。

マザー・テレサがいわれました。「自分がしていることは、一滴の水のように小さなことかもしれないが、この一滴なしに大海は成り立たないのですよ」

さらに、「自分は、いわゆる偉大なことはできないが、小さなことの一つひとつに、大きな愛をこめることはできます」

小学生の笑顔と、「ありがとう」の一言は、それ自体は小さな行いです。

しかし、それが次の人につながっていって、相手の心を優しくし、その優しさが溢れていって、社会に、家庭に、平和を作り出してゆくのではないでしょうか。

ほほえみ、優しさ、愛は
つながってゆき、溢れてゆく。

愛に溢れた行為は次第に大きな輪となって
社会全体を包んでゆく。

消しゴムのカス

面倒だからする

大学で「道徳教育の研究」を担当していた時のことでした。学期末テストの監督をしていた私は、一人の四年生が席を立ち上がってから、また何か思い直して座る姿に気付きました。九十分テストでしたが、六十分経《た》ったら、書き終えた人は退席してよいことになっていたのです。

座り直したこの学生は、やおらティッシュを取り出すと、自分の机の上の、消しゴムのカスを集めてティッシュに収め、再び立ち上がって目礼をしてから教室を出て行きました。

　私は教壇を降り、その人の答案に書かれた名前を確かめたように覚えています。嬉しかったのです。ちょうどその頃（今もそうですが）、教えている学生たちと、「面倒だからしよう」という、ちょっとおかしな日本語を合言葉にしており、この四年生は、それを実行してくれたのでした。

「生きる力を育てる」ということが、教育の世界で叫ばれています。このむずかしい社会を生き抜くために大切なことなのですが、〝よりよく〟生きる、〝人間らしく〟生きる力でなければいけないのではないでしょうか。自分だけがお金を儲《もう》け、権力の座に就き、立場を守ろうとする、そのためには、他人はどうなってもいい、嘘《うそ》も平気でつけば、人を欺いても構わないと思っている人が多くなっているように思えます。

「お金儲けして何が悪い」「お金で人の心も買える」と、拝金主義をはっきり表明した人たちもいて、このような考えが弱肉強食の社会、格差を拡《ひろ》げる世の中を助長しています。お金が大切であり、必要なものであることは、長い間、管理職にいて、しみじみ経験しています。でも、お金の多寡《たか》が人の心の、幸せの尺度であり得ないことも知りました。聖書にある通り、「人はパンだけで生きるのではない」のです。自分自身の弱さを知りながら、情欲に打ち勝って、人間らしく、主体性を持って生きる。心の充足感で生きるのです。

人には皆、苦労を厭《いと》い、面倒なことを避け、自分中心に生きようとする傾向があり、私もその例外ではありません。しかし、人間らしく、よりよく生きるということは、このような自然的傾向と闘うことなのです。したくても、してはいけないことはしない。したくなくても、すべきことをする。自由の行使こそは、人間の主体性の発現にほかなりません。

消しゴムのカスをそのままにしておくのも、片づけて席を立つのも、本人の自由です。しかし、よりよい選択ができる人たちを育てたい。安易に流れやすい自分と絶えず闘い、面倒でもする人、倒れてもまた起き上がって生きてゆく人を育てたいのです。

よりよく生きるということは、
自分中心に
生きようとする傾向と
闘うこと。

人は誰でも楽な道を歩もうとする。
そんな自分に打ち勝つ強い心を持とう。

始めの一歩

新しい気持ちで毎日の仕事に取り組む

江戸時代、堺の町に吉兵衛という人がいました。商売も繁昌していたのですが、妻が寝たきりの病人になってしまいました。使用人も多くいたのにもかかわらず、吉兵衛は、妻の下《しも》の世話を他人には任せず、忙しい仕事の合間を縫って、してやっていました。周囲の人々がいいました。「よく飽きもせず、なさっていますね。お疲れでしょう」それに対し、吉兵衛は、こう答えたといわれています。「何をおっしゃいます。一回一回が仕始めで、仕納めでございます」

この言葉を私は時折思い出して、反省の材料にすることがあります。吉兵衛さんは、この繰り返しを、繰り返しとは考えず、毎回を「仕始め」として、新鮮な気持ちで行い、もしかすると、これが最後になるかもしれないと、心して、ていねいに済ませていたに違いありません。こういう心を、折にふれて取り戻したいものです。

随分前のことになりますが、一人の神父が、初ミサをたてるにあたっていった言葉も、私に反省を促します。「自分はこれから、何万回とミサをたてることになるだろうが、その一回一回を、最初で、唯一で、最後のミサのつもりでたてたいと思う」

皆さんも新しい年を迎える時に、それぞれに立てる決心があることでしょう。私は、吉兵衛さんの「仕始めで仕納め」の心がけと、初ミサをたてた時の神父の「最初で唯一で最後」のていねいさを大切にして生きたいと思います。

それは、とかく機械的になりがちな日常を見直して生きるということであり、その日々の積み重ねが、この一年を私の財産となる一年にしていってくれるのではないかと思っています。

一回一回が仕始めで、仕納め。

毎回新しい気持ちで取り組み、
これが最後だと心して、一日一日をていねいに生きよう。

たいせつなもの

あるがままに相手を受け入れる

ある日の新聞に載っていた投書です。「私は体の弱い十六歳の女の子です。学校でクラブに入っていますが、先輩たちが聞こえよがしに〝体の弱いやつは、いるだけで迷惑だ〟といいます。でも私は思うんです。人間、価値があるから生きているんじゃなくて、生きているから価値があるんだと」

利用価値、商品価値で人が格付けされ、企業の都合で、人員整理が容赦なく行われている現今、学生たちが生きる力になる資格獲得に、心を砕いているのも当然といえます。

「何ができるか」ということの大切さは、私も経験したことです。戦争中、国文学科に籍を置いて卒業した私に、戦後、母は「これからは英語が必要になるから」といって、経済的に苦しい中を、新制大学の英文学科一期生になることを許してくれました。アルバイトをしながら卒業したおかげで、その後の就職でも、修道会の生活でも、「英語が使える人」として重宝がられました。

「役に立つ人」は、それなりに生きがいを持って生活できても、この弱肉強食の今の世の中、「役立たず」と考えられている人、または、役立たずになってしまった人にとっては、まことに、生き辛《づら》い世になっているのです。その中で、投書した少女のように、「人間、価値があるから生きるのではなくて、生きているから価値がある」といい切れるためには、何が必要なのでしょうか。私は、それは人の愛、相手をあるがまま受け入れる愛だと思います。

マザー・テレサに、こんな言葉があります。「私はいつも心の中に、死んでゆく人々の最期《さいご》のまなざしを忘れていません。この世で役立たずのように見えた人たちが、死の瞬間に〝愛された〟と感じながらこの世を去ることができるためなら、何でもしたいと思っているのです」

この思いの具体化が「死を待つ人の家（Home for the Dying）」でした。役立たずと思われて一生を過ごし、路上生活をしている瀕死《ひんし》の病人に、生涯受けたことのなかった温かい手当てをして死なせてやるための場所です。

死ぬに決まっている人たちに、足りない人手をかけ、なけなしの薬を与えるのは「無駄だ」という人もいます。それに対してマザーは答えるのです。

生きる価値がないかのように思ってきた人々が、生まれて初めて人間らしく接してもらい、もしかしたら、生まれて初めて〝愛された〟思いを味わった時、その人たちは、「ありがとう」と、中には笑顔さえ浮かべて死んでゆくのですよと。

辛いことしかなかった一生の終わりに、自分を産み捨てた親も、冷たかった世間も許して、平安のうちに神仏のもとに戻ることを可能にする薬、人手は、決して無駄に用いられたのではないのです。「人間、生きているから価値がある」と、役立たずになっても思えるような優しさを、自分に、そして他人に持ちたいと思います。そのためには、無条件の愛が必要なのです。

価値があるから生きるのではない。生きているから価値がある。

何ができても、できなくてもいい。
どんな人でも、生きているだけで価値がある。

一粒の麦

「小さな死」とは

二〇一一年三月十一日の東日本大震災は、私たちに、あたりまえと思っていることが、必ずしもあたりまえではないのだ、ということを教える出来事でもありました。あっという間に、家屋敷が崩れ、流され、多くの人命が奪われた事実は、私たちに、生きているということがあたりまえでなく、死というものも他人ごとでないと思わせたのではないでしょうか。

「生きているということは、自分が使える時間がまだある、ということだ」といった人があります。若いから、まだ時間がたくさんあると思っていても、いつ病気になったり、事故に遭わないとも限りません。

年齢のいかんにかかわらず、一人ひとりが忘れていけないのは、時間の使い方は、そのまま、いのちの使い方だということなのです。ぞんざいに生きていないか、不平不満が多くなっていないかを、時にチェックしてみないと、私たちの使える時間には限りがあるのです。

人は皆、いつか死にます。公演を行う時など、リハーサルをしておくと、本番であがったり、慌てないですむように、死そのものを取り乱すことなく迎えるためにも、リハーサルをしておくことは、よいことなのです。

このリハーサルを、私は「小さな死」と名付けています。そしてそれは、日々の生活の中で、自分のわがままと闘い、自分の欲望や感情などを制御することなのです。

聖書の中にある「一粒の麦」のたとえのように、地に落ちて死ねば、多くの実りをもたらすけれども、死を拒否する時は一粒の麦のまま枯れてしまいます。実りを生む死となるためには、それに先立つ「小さな死」が求められるのです。その時には辛いとしか思えない自分との闘いが、実りを生む死となるのです。

大きな死のリハーサルとしての「小さな死」。

自分との闘いが、
一粒の麦となって、多くの実りを生む。

泥かぶら

美しくする化粧品

お化粧に余念のない学生たちにいうことがあります。

「きれいになるのも結構。きれいになるためには、化粧品にしてもエステに通うにしてもお金が必要。皆さんは、きれいさとともに、美しさを育ててゆく人であってほしい」

美しくなるためには、お金は不要。それは、心の輝きであり、痛みを伴う自己管理、自己抑制が必要なのです。

かくて私は、学生たちに「『面倒だからしよう』と呟《つぶや》いて、『しようか、どうしようか』と迷う時には、してごらんなさい。きっと、その積み重ねが、あなたがたを美しくしてくれるから」と話しています。

『泥かぶら』という劇があります。真山美保さんの作ですが、泥んこのかぶらのような醜い顔ゆえに、村の悪童たちから〝泥かぶら〟とはやされ、いじめられていた一人の少女が、「仏のように美しい子」へと変わっていったというお話です。

何が、この女の子を美しくしたかといえば、旅のおじいさんが教えた三つのことを、来る日も来る日も、自分と闘って実行したからでした。その三つとは、

いつも、にっこり笑うこと

ひとの身になって思うこと

自分の顔を恥じないこと

アンチエイジングに心を砕くより、私たち一人ひとりも、この三つを、自分に課してはどうでしょう。

「私から歳を取り上げないでください。なぜなら、歳は私の財産なのですから」といった人がいます。

私も〝財産〟と呼べる歳を取りたいと願っています。そのためには、一人の泥かぶらとして、「笑顔、思いやり、そして自己受容」に日々努めなければと自分にいい聞かせている毎日です。

美しく歳を取ることは
アンチエイジングより大切。

一人ひとりが〝泥かぶら〟なのだ。
きれいさより、美しさを求めて生きよう。

“両手でいただく”教育

心をこめて、毎日をていねいに生きる

相田みつをさんが、「現代版禅問答」と題して、書いていらっしゃいます。

「ほとけさまの教えとは
なんですか？」
ゆうびん屋さんが困らない
ようにね
手紙のあて名を

わかりやすく
正確に書くことだよ
「なんだ、そんなあたりまえの
ことですか」
そうだよ　そのあたりまえの
ことを　こころをこめて
実行してゆくことだよ

この、「あたりまえのこと」、時には「つまらないこと」を、心をこめて実行することの大切さが、最近、忘れられています。そして、この実行こそが、人を美しくするのです。

それは、化粧が作り出す〝きれいさ〟とも、生まれつきの器量のよさとも異なって、私たちが、面倒さを厭う自分、易《やす》きにつこうとする自分との闘いを恐れず、時には倒れてもいい、そこから立ち上がって努力し続けてゆく中で育ってゆく、〝心の輝き〟といってよいでしょう。

「速いことはよいことだ」という価値観が世の中を席巻し、「何でもアリ」といった服装、言葉づかい、マナーがまかり通っている世の中に生きていると、知らず知らずのうちに、私たちまで、心をこめて字を書き、人と接し、事に当たることを忘れてきています。

そんな中で、私は最近、一つの言葉に出合いました。

「人のいのちも、ものも、両手でいただきなさい」

卒業証書や賞状をいただく時、私たちは両手でいただきます。赤ちゃんを抱く時も、両手で抱き上げることでしょう。そこには、〃ていねいさ〃があります。スピード、合理性を重んじる世の中で、私たちは自分や他人のいのち、ものを〃ぞんざい〃に扱うようになってきてはいないでしょうか。両手でいただく心が失われ、〃片手で〃いのちと接し、ものを受け渡しするのに馴《な》れてしまったようです。

二十一世紀に入って、世の中はますます機械化し、スピーディーになっています。冒頭の詩にある、郵便屋さんが読めないような達筆、または、なぐり書きの宛名《あてな》は減り、代わりにコンピューター印字の宛名が増えてきました。

それでは、あの「禅問答」は時代遅れとなってしまったのでしょうか。いいえ、今や、ますます必要の度を増すものとなったのです。なぜなら、私たちは最近、とかく〃ぞんざい〃になり、片手で、人のいのちも、ものも扱い始めているからです。

もし、「現代版キリスト教問答」があり、「神さまの教えとは何ですか」と問われたとしたら、「あたりまえのことを、心をこめて実行すること。与えられる一つひとつのいのちも、ものも両手でいただくこと」と答えることでしょう。

人のいのちも、ものも、両手でいただく。

片手で扱ってしまえば、大切なものの価値を見落としてしまう。あたりまえのことも、辛いことも
ていねいに受け止めよう。

平和を唱えるだけでなく、生きる

平和は、考えるだけでいいのでしょうか。私たちに求められているのは、日々の生活の中で、平和を作り出す人になることではないかと思います。聖書の中にも、平和を考える人は幸いとは書かれず、平和を実現する人は幸いと書かれています。

マザー・テレサがノーベル平和賞をお受けになった時に、人々がいいました。「なぜ、あなたのように有名な人が、インドの貧困をなくし、世界平和のために声を上げないのですか」

マザーは、こう答えておられます。「私には、偉大なことはできません。私にできることは、小さなことに、大きな愛をこめることなのです」

平和について議論することも大切です。国際間の紛争をやめさせることも大切です。しかし、私たち一人ひとりが日常生活の中でできることを疎《おろそ》かにし、いたずらに平和について考えていても、平和は実現できないでしょう。

家族の中に笑顔、いたわり合い、許し合いがあるでしょうか。他人に迷惑をかけないことはもちろん、進んで困っている人、淋しい人に手を差し伸べて、相手を喜ばす努力をしているでしょうか。平和を考える会議も必要でしょうが、実行はされているのでしょうか。

平和を願う祈りを唱えることも大切ですが、より大切なのは、実行なのです。「信仰は持っているものではなく、生きるもの」でなければならないでしょう。

フランシスコの祈りのように、「憎しみのあるところに愛を、分裂のあるところに一致をもたらす平和の道具」となりたいものです。そのためには、主の十字架上の痛みを我が身に受けることによって、平和を生み出すことが求められています。

平和を口先で
唱えるだけでなく、
平和を身辺に作り出す人になる。

国際問題のような大きなことを議論する前に、
まず、自分ができる小さなこと、相互のほほえみ、いたわり、
許し合いから始める。

一回性

一生に一度だけの巡り合わせ

「一回性」とは、この世の中で同じことは一回しか起きないということです。同じようなことは何度も起きるかもしれません。しかし全く同じことは二度と起きません。

朝比奈《あさひな》隆《たかし》さんという大阪フィルハーモニー交響楽団の有名な指揮者がいわれました。

「全く同じ楽団が、同じ曲を同じホールで、そして同じ聴衆に向かって奏でたとしても、昨日ときょうは違う」

同じような演奏はできるけれども、全く同じ演奏はできないということ。つまり、人間は全く同じことを繰り返すことができません。ところが、これがCDやDVD、テープでしたら、同じことを繰り返します。機械は繰り返すことしかできません。これが人間と機械の違いの一つです。

最近、人間がロボット化しています。マニュアル人間になって、ファストフード店に入ったら、こちらの顔も見ないで「いらっしゃいませ、こんにちは」。マニュアル通りで機械のようです。私たちはやはり、人間性というものを大切にしなければなりません。

最近、温水器や自動車など、問題が起こるとリコールをします。何万台、何百万台であっても、人間のいのちにかかわるような商品であれば全部回収するのは、なぜでしょうか。それは、ある一定時期に、ある会社から出てきたものは、皆同じだからです。食品にしても、問題があれば、ある一定の時に、ある一つの工場で作った食品は、危険を回避するため全部回収します。

家庭でお作りになる食事はどうでしょう。私もときたま料理当番をしますが、レシピが同じで、材料をきちんと量ったつもりでも、一回一回少しずつ味が違います。前に作ったカレーと、きょう作ったカレー、同じレシピで、同じ分量、同じ材料、同じ火加減で作っても違いがある。そこが人間なのです。

皆さんは以前にとてもすばらしい経験をされた時、「もう一度あの経験をしたい。あの人と、あの時期に、あのホテルで、あのお食事をして……」と思われて、二度目に訪れてがっかりされた経験はありませんか。私はあります。すばらしかった経験をもう一度繰り返したいと思っても、結果的に、「しなければよかった、一度でやめておけばよかった」と思ったことがあります。しかし、その反対もあります。

私は学位を取る時に、とても苦労しました。英語ということもありましたし、それまで勉強していたものとは違う分野で、しかも三年間で取らなければいけなかった時のことです。おかげさまで試験に通って学位をいただきましたが、後に、「こんな苦しい思いはもう二度としないですむ。ありがたい」と思いました。

辛いことも、嬉しいことも、人間には同じことは一回しかないのです。そして、この先が大事なことですが、「どうせまた同じことをするんだからいいわ」と思っても、一回一回をていねいにしなければいけないということ。人間にとって全く同じことは二度とあり得ませんから、今という時を大切にしないといけないのです。

同じことは二度とない。だから、今という時を大切にする。

人生で経験する出来事はどれもがたった一度だけのこと。
どんなに望んでも、どんなに後悔しても全く同じことは起きない。
一つひとつの体験に心をこめましょう。

第2章

幸せは、自分が決める

くじけない

疲れた自分を癒《いや》す秘訣

「疲れた者、重荷を負う者は、誰でもわたしのもとに来なさい。休ませてあげよう」

このイエスのみことばが、何度、くじけそうになった私を、立ち上がらせてくれたか、わかりません。

管理職という立場は決して華やかなものではなく、むしろ淋しいものだということを、三十代半ばで四年制大学の学長に任命されて以来、五十年の間、数々の責任ある立場に置かれて味わいました。与えられた任務が思うようにいかない時、あらぬ中傷を受け、信じていた人たちに裏切られた時、しかも、それが自分の愚かさの結果とわかった時のやるせなさは、自己嫌悪につながってゆきます。そんな時、イエスの「わたしのもとに来なさい」ということばに救われるのです。肩にくいこんでいる重荷を外してくださるだけでなく、それを、ご自分の荷と軛《くびき》に替え、背中をポンと押して、人生を新しくやり直す勇気さえも与えてくださるのです。

つまずかない人生を送ることが、人間にとって大切なのではありません。人間のこと、つまずくのはあたりまえ、ただ、その時くじけてしまわないことが大切なのです。自分の愚かさに心を奪われ、我と我が身に愛想を尽かし、やけになったり、落ちこんでしまわないことが大事です。

ご自分も数々の失意を味わわれたに違いないイエスは、そんな私たちに向かって優しく、「くじけないでいいんだよ。古い荷物を重くしていた、うぬぼれや自尊心を肩から外してごらん」といい、新しい荷と軛に取り替えてくださいます。そして、柔和で謙遜になることこそが、くじけない秘訣《ひけつ》であることを教えてくださるのです。一生ついてまわる荷物と軛を、主に倣《なら》って担ってゆきましょう。

つまずくのはあたりまえ。
つまずいたおかげで
気付くものがある。

うぬぼれていた自分を見つめ、
謙虚になる機会にしよう。

雑用はない

不本意な出来事に向き合うには

一人前の修道女になるためには、数年の準備期間があり、三十歳近くで入会した私は、その後五年近くをアメリカで過ごしました。当時は、修道女を志す人も今と違って多く、二十代の若いアメリカ人百数十名と、ボストン郊外の広大な修練院で修行していた一年間の、ある日のことでした。

修練という言葉が示すように、朝五時の起床から夜九時の就寝まで、厳格な規律のもとに祈り、黙想、食事が行われ、その他の時間は主として草取り、洗濯、食事の下ごしらえなどの単純な作業に当てられます。

その日は夏の暑い午後でした。私は、割り当てられていた配膳の仕事を食堂で果たしていました。百数十の皿、コップなどを長机の上、パイプ椅子の前に一つひとつ並べてゆく仕事を、沈黙のうちに手早く行っていた時です。

突然、「あなたは、何を考えながら仕事をしているのですか」と問いかけられ、振り向くと、そこには厳しい顔をした修練長の姿がありました。

「別に何も」と答えた私は、「あなたは時間を無駄にしている」と叱責され、一瞬、戸惑いを隠せませんでした。命ぜられたことを、命ぜられたようにしていたからです。

修練長は、そんな私に今度は優しく諭すのでした。「時間の使い方は、そのままいのちの使い方なのですよ。同じ仕事をするなら、やがて夕食の席につく一人ひとりのシスターのために、祈りながら並べてゆきなさい」

何も考えないで皿を並べるなら、ロボットの仕事と同じです。「つまらない」と考えて過ごす時間は、つまらない人生しか残してゆきません。同じ時間を費やすなら、一つひとつの皿を並べる時に、「お幸せに」と、私にしかこめられない愛と祈りをこめて並べて、初めて私は、愛と祈りの人生を送れるのだということを、その日、その時、教えられたのでした。

三十歳まで、英語を使うやりがいのある仕事に就き、修士号も取得していた私は、当初こそ、「これが修道生活というものだ」と納得して、単純労働にもいそしんでいたのに、時が経つにつれ、知的な刺激の少ない生活に対して「つまらない」と考える不遜《ふそん》な人間になっていました。

時間の使い方は、いのちの使い方。この世に〝雑用〟という用はない。用を雑にした時に、雑用が生まれるのだということを、心に叩きこまれた修練院での一コマでした。

果たして、私が「お幸せに」と祈りながら皿並べをしたから、夕食で座ったシスターが幸せになったかどうかは、わかりません。わからなくていいのです。これは私の時間の使い方、私の人生の問題だからです。しかしながら一つ、たしかに変わったことがありました。それは、私から仏頂面《ぶっちょうづら》が消えたことです。

生きていく上では、嫌なこと、したくないこと、欲しくないもの、気に入らない相手など、数々の自分にとって〝ありがたくない〟物事に向き合わないといけないことがあります。つまらない仕事を、つまらなくない仕事に変える術《すべ》を、若くして修練院で教えてもらえたことを私は、感謝しています。

「幸せは、いつも自分の心が決める」のであり、私たちは、環境の奴隷でなく、環境の主人となり得る人間の尊厳を忘れてはいけないのです。

マザー・テレサは、炊き出しをするシスターたちに必ず三つのことを実行するように諭しておられました。パンとスープボウルを渡す時には、相手の目を見て、ほほえむこと。手に触れて、ぬくもりを伝えること。そして短い言葉がけをするという三つです。それは、ロボットにはできない、人間の、他の人間に対する愛と祈りの表現です。

仕事を〝する〟doingも大切ですが、どういう思いで仕事をしているかというbeingを忘れてはいけないのだと肝に銘じています。

この世に〝雑用〟という名の用はない。用を雑にした時に生まれる。

「つまらない」と思いながら生きる時間は、
つまらない人生になってゆく。

自由人の育成

発想の転換で生き方が変わる

私が理事長を務めているノートルダム清心女子大学は、根本的にリベラル・アーツ・カレッジであり、その目指すところは、キリスト教的価値観に基づいた「自由人の育成」にあります。自由人とは、自分の人生のあり方について、自分で判断し、選択し、自分の行為、不行為について責任を取り続ける人の姿といってよいでしょう。

一人の人が判断、選択するに当たっては、遺伝、環境という二つの要素が大きく影響することは、いうまでもありません。しかし人間は、この二要素だけの〝産物〟ではなくて、〝第三の力〟自由を持っています。それは、神の似姿《にすがた》に創られた人間にのみ与えられた、理性と自由意志に基づく力です。

はなしょうぶ
黒い土に根を張り
どぶ水を吸って
なぜ　きれいに咲けるのだろう
私は
大ぜいの人の愛の中にいて
なぜ　みにくいことばかり
考えるのだろう

（星野富弘）

自由を与えられている人間の場合、置かれた場所で咲くも咲かないも、どのように咲くのかも、結局は、自分次第なのです。それは多くの場合、発想の転換によって、もたらされます。

聖書の中に、発想の転換を教えてくれる一つのエピソードが語られています。

人々が一人の目の不自由な人を連れてきてキリストに尋ねます。「この人がこのようなのは、本人がおかした罪のせいですか。それとも親の罪のせいですか」

キリストは答えていわれます。「そのどちらでもない。神のみ業《わざ》が、この人に現れるためである」（ヨハネ9・3）そして、その人の目が見えるようにしておやりになりました。人々は、「なぜ」と、その原因を尋ねたのに対して、キリストの答えは、「何のため」と、その事実が持つ意味の指摘でした。「誰のせいか」「なぜ、こういう目に遭うのか」という問いも、当然あってよいのです。しかし、世の中には、「なぜ」という問いとともに、「何のため」という問いかけもあっていいのだと気付く時、自分の、その事がらに対しての理解が深まり、道も拓《ひら》け、姿勢が前向きになるように思うのです。私たちもまた、いつも「何のために」と前向きに考える自由人でありたいと願っています。

置かれた場所で
咲くも咲かないも、
どのように咲くのかも、
自分次第。

人は自分の生き方を決める自由がある。
幸せへと導くためには、発想の転換が助けとなる。

よく生きる力

よりよい生き方を選ぶ

最近の学生たちの特徴の一つに資格志向が挙げられます。大学を選ぶにあたって、どういう資格が取得できるかが関心事となっています。弱肉強食の世の中を生き抜くために、これら〝生きる力〟となる資格を求めるのは当然です。そして本学も、学生たちの求めに応じ、卒業後、就職に役立つであろうさまざまの資格、免許状の取得を可能にし、国家試験に合格するための準備も整えています。

しかし、私たちが目指しているのは、単なる〝生きる力〟を身につける以上に、〝よく生きる力〟を備えた自由人の育成なのです。身につけた知識、技術などをよく使う人なのです。生きる力は、就職はもちろん、経済的、社会的に自己実現をはかるのに必要であり、役に立つものです。〝よく生きる〟という時、それは、自分の幸福だけでなく、周囲の人々、特に弱い人、貧しい人たちの幸せを考え、そのために奉仕する拡がり、教養を備えて生きているのだということなのです。

「自由人」の〝自由〟とはどういうことでしょう。自由学園を創立した羽仁《はに》もと子氏は、小学生にもわかる言葉で説明されました。「あなた方には、脱いだはきものを揃える自由があります」人間には「揃えない自由」もあるのです。理性で考えて、〝よりよい方〟を選ぶこと、これこそが人間のあるべき姿、「自由人」。教養ある人の取るべき行動なのです。

「真理は、あなた方を自由にする」と聖書は記しています。自由に生きるということは、好き勝手をすることでは決してなくて、〝よく生きる〟自由を行使することなのです。

心理学者で精神科医でもあったヴィクター・フランクルが、自己のアウシュビッツ収容所体験から著した『死と愛』という本の中に書いています。

「人間の自由は、諸条件からの自由ではなくて、それら諸条件に対して、自分のあり方を決める自由である」

収容所に送られた人々は、ナチスによって持ち物も家族も何もかもを剥奪《はくだつ》され、連日死の恐怖と苦悩の中に生きねばならない、人間の極限状態に置かれていました。その中である日病人が出た時のことです。翌朝、その病人の枕許《まくらもと》には数個のパンとスープが置かれていました。病人の快復のために自分たちは空腹のまま、パンを置いて仕事に出て行った「自由人」たちの仕業《しわざ》だったのです。自分の〝生きる力〟となる糧《かて》を、〝よく生きる力〟によって、友に与えた自由を行使したのでした。

私たちが目指す「自由人」は、フランクルが指摘するように、諸条件からの自由のみを求める人たちではなくて、自分が置かれた条件に、自分らしく立ち向かい、〝よく生きること〟に努める人といってもよいでしょう。

皆さん一人ひとりが、置かれた場所でよく生きていてくださるようにと祈ります。

人間の自由とは
諸条件からの自由でなく、
それら諸条件に対して自分の
あり方を決める自由なのだ。

私たちには、よりよい生き方を選ぶ自由がある。

人を生かす
いのちの詩

生きる喜びに気付く

いのちが　一番大切だと
思っていたころ
生きるのが　苦しかった

いのちより大切なものが
あると知った日
生きているのが

嬉しかった

（星野富弘）

以前、ご縁があって群馬県みどり市東村に富弘美術館を訪れ、その後、星野富弘さんともお目にかかる機会に恵まれました。

お逢《あ》いしたら、冒頭の詩の中にある「〝いのちより大切なもの〟って何ですか」とお尋ねしたいと、かねがね思っていたのに、いざその場になると、私は「その車椅子を、どうやってお動かしになるのですか」といった愚問しか口に出していませんでした。そして、そんな問いにも、嫌な顔一つなさらず、実演して車椅子を動かして見せてくださる星野さんのお優しさにふれたのでした。

負け惜しみでなく、〝いのちより大切なもの〟についての質問をしなくてよかったと、思っています。なぜならこれは、答えをいただくものでなく、私たち一人ひとりが自分の生活の中で求め続け、見出《みいだ》してゆくものなのでしょうから。

もしも私が、「シスターもいのちより大切なものをお持ちですか」と尋ねられたら、果たして私は、何と答えるでしょう。

私たちのいのち、それは人工延命装置で生かし続けることができるものであり、植物状態になったとしても保ち続けるものです。脳死か心臓死かということが大きな問題となったのも、いのちの終わりはいつか、つまり、何をもって死と判定するかということについてであって、「人を生かすものは何か」ということについてではありませんでした。

人間が「生きている」ということと、「生きていく」ということは、ただ一字違うだけですが、実は大きく違うのだということを私たちは知っています。星野さんも、ただ生きているだけの自分でなく、生きていくことができる自分にお気付きになった喜びを、詩にお表しになったのではないでしょうか。

その生きていく力は、いのちより大切なものがあると知った時に与えられたそうです。この自分が、傷のあるままで愛されていることに気付き、それに気付かせてくれた人々の愛、神の愛に気付いて与えられた力だったのではないでしょうか。そういう力に支えられて、苦しいことの多い一生を生きた一人の人間の生の軌跡は、この世のいのちに勝る尊いものなのです。

私の心を冒頭の詩がしばしば横切ります。それは多くの場合、私が、自分のいのちを一番大切に思うがゆえに苦しんでいる時なのです。

私などにはわからない苦しい時間を過去に過ごし、今もお過ごしの星野さんは、かくてご自分の手足、お体の不自由さで、数え切れない多くの人々の心を自由にする詩を生み出していてくださいます。ありがたいと思います。

「生きている」と「生きていく」は同じではない。

自分が生かされていることに気付いた時、
生きていくことができるのだ。

統一的な
人生観を持つ

まわりの人に流されず、自分らしく生きる

成熟した人の特徴の一つに、「統一的な人生観」、つまり価値観をはっきり持っているということがあります。これは幼い子どもには無理でしょう。しかしながら、成人式を迎える歳ならば、自分の行為や、考え方、感情に、一本筋が通っていることが大切です。自分の価値観や信念をはっきり持ち、自分は何のために生まれ、どういう生き方をし、そしてできることならどういう死に方をしたい、という信念と価値観を持って生きることが大事なのです。

もっと易《やさ》しい言葉でいえば、あまり人に流されないということです。相手

の人と自分が同じレベルになって、相手がていねいに話をすれば、私もていねいに話をする、相手が無愛想なら私も無愛想に、という態度でなく、相手がどうであろうとも、私は私、人は人として生きるということです。もちろん適当に相手に合わせていくこともできるけれども、芯が一本通っている。そしてそれは、近頃《ちかごろ》の言葉でいいますと、「ぶれる」ことが少ない人のことです。成熟した人はまず、一人格としてよく考えます。よく考えて選ぶから、ぶれることも少ないはずです。自分が今こういう発言をしたら後でどうなるか、先々のことまでよく考えているがゆえに、安心して自分が発言し、行動することができるのです。そして、結果に対しての責任も取れるのです。

「統一的な人生観を持つ」とは、自分が環境の奴隷ではなく、環境の主人であるということです。これは成熟した一人格として、とても大事なことです。

他人の出方に左右されないで、自分らしく生きていく。幸せは、いつも自分の心が決めるのです。

幸せは、いつも自分の心が決める。

成熟した人とは、ぶれない自分を持っている人。他人の出方に左右されることなく、自分で考えて、行動しよう。

黒焦げのトースト

不幸の裏側に幸せを見つける

私がアメリカで勉強していた時に聞いたお話です。

昔の修道院は電化されているところが限られており、まだトースターがなかった時代。ある修道院の料理当番の人が朝食のパンをオーブンで焼きました。片側を焼いてそれからひっくり返してもう片側を焼く。一度にたくさんのパンをオーブンで焼き、大皿に盛って食堂で待っている修道僧たちに出すわけです。

台所の人はいつも気を付けているのですが、ときたまうっかりしてトーストが黒焦げになってしまうことがありました。しかし、もったいないのでその黒焦げになったトーストも、そのまま大皿に盛って食堂へ持って行きました。

昔の修道院は沈黙していただくのがあたりまえでしたので、沈黙を守り、一枚ずつ上からトーストを取って次の人へお皿を渡していました。

一人の修道僧が「また黒焦げか」と、非常に不機嫌な顔をして自分に当たったトーストを取り、次の人に渡しました。次の修道僧もやはり黒焦げのトーストを自分の皿に取りましたが、その人はトーストを裏返しにして、「あぁ、片側だけでよかった。ありがたかった」といったそうです。

それはつまり、物事は裏返して見てごらんなさい、片側は真っ黒焦げかもしれないけれど、もう一方の側は黒焦げになっていないかもしれないということです。その時に、「あぁ、片側だけでよかった。ありがたかった」という気持ちが持てることが、ある意味で「幸せになる秘訣《ひけつ》」なのです。その心のゆとりが平安と幸せをもたらすのです。

不満をいう前に、物事を裏返して見るゆとりを持つ。

悪い面だけを見ていると、不平不満は尽きない。違った角度から見ると、新たな発見がある。

聖所を持つ

苦しみや悲しみの対処法

聖所《せいじょ》（sanctuary）とは、ほかの誰にも土足でズカズカ踏みこませない部分です。「どこにあるのですか」と聞かれてもいえません。死ぬまで誰にもいわないでお墓まで持っていく、裏切られてもそこに逃れることができる最後の砦《とりで》のようなものを持つのです。それを私は聖所と呼んでいます。そこには人にいえないものがあっていいと思うのです。人間が本質的なものとして存在し続けるため、年齢とともに育てていくものなのです。

何もかもぶちまけるのが親しさではありません。親しさというのは開示性の度合いではなく、相手の独自性を尊重する度合いです。お互いが一個の人格であるということを認め合う。そこには淋しさ、孤独があります。しかし、その孤独を澱《おり》まで味わって飲み干すことが私たちの成長のためには必要なようです。ほかの人と分かち合えない心の動き、不安や悩みや喜びのようなものかもしれません。「だれにだって」という、相田みつをさんの詩があります。

だれにだって
あるんだよ
ひとにはいえない
くるしみが

だれにだってあるんだよ
ひとにはいえない
かなしみが

ただだまっている
だけなんだよ
いえばぐちに
なるから

『一生感動　一生青春』文化出版局　一九九〇年

私もそう思う時があります。ある程度は言葉でいえますが、理解し合うことができない悲しみを私は聖所の中に納めています。人にいうと愚痴《ぐち》になることを抑えて自分の中に納めていくと、人はそれだけで美しくなります。

私たちの魅力は、奥ゆかしいもの、人には知られない悲しみや苦しみをじっと聖所に秘めているということにかかっています。

人は皆別人格で、文化の違いを持って生きています。私たちは不完全で、一〇〇％理解してもらうことも、一〇〇％理解することもあり得ないのです。

歌人柴生田稔《しぼうたみのる》がこう詠《よ》んでいます。

今日しみじみと語りて妻と一致する　夫婦はついに他人といふこと

しみじみと夫婦で語り合って何が一致したか。それは夫婦は所詮《しょせん》他人、別人格だということでした。いくら自分が理解したつもりでも、限界がありま す。生まれてから結婚するまでの生活も違えば、結婚しても離れている時間もあります。お互いできるだけ理解し合おうとしたけれど、理解し尽くすことはできなかった。私はこの歌を読んでしみじみと大人の世界、大人の愛を感じました。

私たちは、自分のことを愛してほしい・理解されたい・慰められたいとばかり願いますが、自分も相手を愛する人・理解する人・慰める人になりましょう。さらに、お互いを理解し尽くすということは不可能だということを、しっかり心に留《と》めることはもっと大切なのです。

人には知られない悲しみや苦しみを聖所に秘める。

誰にでも人にいえない悲しみや苦しみがある。
それを納める聖所があれば、平常心を保って生きていける。

マザー・テレサのお顔

憂いの中にある優しさと強さ

マザー・テレサはびっくりするほど、厳しいお顔をしていらっしゃいました。聖人のようなお優しい表情かと思っていたら、お目も、お顔つきも厳しくて、しかもある意味で憂いを持っていらっしゃいました。

それは、この世の中で自分は生きていても生きていなくても同じだと考えている、見捨てられたみじめな人の生涯と死を見つめ、産み捨てられた子どもの死を見つめ続けた顔だったのです。

「ねむの木学園」を設立なさった宮城まり子さんが「やさしくね、やさしくね、やさしいことはつよいのよ」といっていらっしゃいますけれども、役立たずに思われている、見捨てられた人に私たちが温かい手を差し伸べることができるようになるためには、心の中に優しさと強さを持たなければいけないのだと思います。

「優」しいという字は、人偏《にんべん》に憂いと書きます。どれほど愛想が尽きる自分であっても自分を見捨てないこと。見捨てずにその傍《かたわ》らに立つ人の姿は、それだけで優しいのです。

羽振りのいい時だけは相手のそばにいるけれども、その人の羽振りが悪くなった途端に去って行くような人たちが、この世の中にたくさんおります。相手が挫折したり、失敗したり、病気になったり、悲しい出来事に遭った時こそ、そばにたたずんで、手を握って差し上げているだけでいいのです。それは「優」しいという字そのものなのです。

自分を嫌わないで、見捨てないで、愛想を尽かさないで、「これが私だ。私が見捨てたらほかの誰がお前を拾ってくれるかわからないから、私はお前を見捨てないよ」といえる、自分への優しさと強さを持つことがとても大事なのです。

愛想が尽きるような
自分でも見捨てないこと。

自分を愛せない人は人を愛せない。
ありのままの自分を受け入れられた時、
心の中に優しさと強さを持つことができる。

本物の自分探し

「未見《みけん》の我」を見出してゆく

岡山にある私の大学には二千三百名ほどの学生がおりますが、五十年ほど前、私が初めてそこに赴任した時と比べると、今では髪の毛の色、服装、言葉遣い、お行儀など、随分違います。お化粧に余念のない人たちもおります。そういう人たちに、どうしてそんな服装をしているの、そのお化粧もう少しなんとかならないの、と尋ねると、「シスター、これは私の個性なんです」という言葉がよく返ってきます。

TPOという言葉があります。タイム・プレイス・オケージョン。時と場所と機会という意味ですが、それにふさわしい服装というものがあります。お葬式に行くのに真っ赤な服を着るというのは非常識ですし、運動会がある時に、フリルのついたドレスを着て先生がおいでになったらおかしいでしょう。式典にTシャツでジーパンをはいてくるというのも、不見識というものです。同様に大学にふさわしい服装というものもあります。制服があった高等学校と比べてみれば大学には自由があります。しかし、自由があるということは、それだけ責任があるということなのです。個性を持って生きるということはとても大事です。それと同時に私は、彼女たちが、本物の自分自身であってほしいと願っているのです。

相田みつをさんの詩の一つに「みんなほんもの」という詩があります。

トマトがねえ
トマトのままでいれば
ほんものなんだよ
トマトをメロンに
みせようとするから
にせものに
なるんだよ
みんなそれぞれに
ほんものなのに
骨を折って
にせものに

なりたがる

『いのちいっぱい』ダイヤモンド社　一九九一年

トマトというのは、どちらかというと、ありふれた野菜です。ところがトマトの私たちには、どこか自分をメロンに見せかけたい、メロンとして見られたいと思う気持ちがあります。商品価値が高いですし、ある意味で上等な果物です。

デートをする時に、普段着ではなくてよそゆきの格好で出かけます。これは必ずしも上等な服装という意味ではありません。その人本来のありのままの姿ではない、いつもの自分とは違った自分を見せようとして苦労しているということです。私はそういう学生たちによく、あなたをあなたとして受け入れてくれる人とお付き合いをなさい、といいます。もちろん、あなたを啓発してくれて、磨いてくれる人、そういう人とお付き合いをするのはとてもよいことだと思います。ただ、相手に気に入られるため、嫌われないために、あなたが自分をなくしてまで相手のいいなりになったり、無理をしたりすることはないのです。着慣れないよそゆきを着て人と会い、ほかの方に会う時にはまた別の服を着る、それでは本物が偽物になって、骨を折って疲れるばかりです。一番大事なのは、本物として成長していくことです。これが本物のパーソナリティ、あなたらしさです。

若い人はよく〝自分探し〟という言葉を使いますが、自分というものは、押し入れを開ければ見つかるようなものではありません。自分探しとは、私は一体どういう人間なのだろうということを絶えず模索することです。失敗をしたら、その失敗をしっかりと受けとめ、成功をしたら、私にもこんないいところがあるのかと今まで気付かなかった自分に気付くこと。あるきっかけで仕方なくグループのまとめ役になってみたら、思いのほかうまくリーダーシップを発揮することができた時、私にもリーダーになる資格があったんだ、こんな私が潜んでいたんだということに気付くようなことがあります。未見《みけん》の我《われ》という言葉があります。私たちは、自分自身を全部知っているわけではありません。いろいろな人との出会いやさまざまな経験を通じて「未《いま》だ見ざる我」に気付きながら、パーソナリティを自分らしく作っていくことが、大事なのです。

自分が考えて選んだこと、それが間違っていた時には、今度はもう少し利口になろう、成功した時には、よかった、ありがたかったと思える、そんな人が、自分らしい方法で自分探しをしながら、自分しか生きることができない生活、人生を送ることができるのだと思います。

いろいろな人との出会いやさまざまな経験を通じて「未だ見ざる我」に気付く。

本当の自分とは、見つけるものではない。自分自身を模索し続け、出会いや経験によって、自分で作っていくものである。

ありがたいもの

苦しみが教えてくれる幸せ

ある卒業生が、三年ほど入院し、ようやく外出許可がもらえた時、「今の私にはあたりまえがすべて輝いて見えます」という手紙を書いてくれました。その人は苦しみを通して、あたりまえはあたりまえではなく、ありがたいものであることに気付き始めたのです。

飽食の時代、ものが溢れる中で生きている私たちは、ものがあるのはあたりまえだと思っています。

「いつまでもあると思うな親と金」といいますが、失ってしまう前に、あたりまえの価値に気付いてほしいのです。今、有るものは有り難い、あることのむずかしいものだと気付いてほしいのです。そうすると人間幸せになります。幸せとは、よいものに囲まれている時に存在するからです。そして幸せは、客観的に何があるか、どういう状況にあるかだけでなくて、それをありがたいと見るかどうかにかかっています。あたりまえでなくて、ありがたいものだと気付けば、幸せの度合いは高まります。

往々にして苦しみは刺激となって、それまでの弛《たる》んでしまった自分に、あたりまえを輝いたものとして見せてくれる効果を持っています。苦しみそのものを決していいとは思いません。しかし人間は不完全です。不完全な者には必ず苦しみがあります。強い（本当に芯の強い、雪がどれほど積もっても、たわみこそすれ、折れない竹のような）人間になるためには、逃げないで苦しみを受け止め、それを土台として、苦しみさえも愛せる愛への成長を遂げていくことが大切なのです。

あたりまえのことが
ありがたいものだと気付けば、
幸せの度合いは高まる。

苦しみから逃げるのではなく、　それをバネにできれば
毎日はもっと輝いて見える。

情緒的な安定

感情を上手にコントロールする

感情の起伏が少ないということを、心理学者のゴードン・オルポートは「情緒的な安定」といって、成熟した人の目標の一つにしています。人間は誰しも怒ったり、喜んだり、恐れたり、不安がったり、悲しんだり、憎んだりすることがあります。ただそれをそのまま大事《おおごと》にしてしまわないで、収めることができるということなのです。感情を持つことは決して悪いことではありません。しかしながら、ある程度感情を抑えることができるようになりたいものです。

最近よく、「むしゃくしゃした、だから誰でもよかった」という気持ちから引き起こされた事件が報道されていますけれども、私たちは、自分の内部にある、さまざまな感情を自分のものとしてまず認めることが大切ではないでしょうか。「私は今腹が立っている」と認めること。認めた上で、もちろん動揺はするけれども、適当に処理して大事にしない、それが大人のすることだと思います。「もうこのことはこれ以上考えるまい。考えてもしょうがない。考えてもしょうがないのならば、時間がもったいない」と自分である程度、理性的に、冷静に処理できることは、大事だと思います。さらに自分が感じていることを十分に言葉や態度に表せることも、大人の一つの証拠なのです。

「私はこのことで、今とても腹が立っているんです。でも腹を立てても仕方がないので抑えています」、または「自分はこのことで非常に悲しんでいます」と、口に出してはっきりいえるかどうか。泣いている幼児に「泣いていてもわからないじゃない、いってごらんなさい」といっても言葉にできない。それに対して大人であるということは、今心の中に起きているさまざまな感情を、人間らしく言葉にして表すことができる、そして言葉にすることによって、ある程度それを抑えることができるのです。

母は、私が幼い時に、「あなたが心を悩ますことの大きさが、あなたの心の大きさだ」といってくれました。これは「小さなことで悩むな、小さなことに心を奪われるな」という教えでもありました。事柄の大きさを、自分で判断する。感情をコントロールする上で、それも一つの大切なことだと思います。もう一つの方法として、行動する前にリハーサルをすることが有効です。例えば「これからあの先生のところへ行かないといけない。自分はあの先生のところへ行くと、つい無礼な態度をとってしまう」と思ったら、前もってその先生のところへ行ったつもりになって、自分の振る舞いをリハーサルする。そうすることによって、それほど失礼な態度をとらないで済むことがあります。

そして何より大事なのは、自分の体と心が疲れていないということです。感情の起伏が甚《はなは》だしいのは、疲れている証拠でもあります。だから朝きちっと食事をし、夜は休んで、体と心を健康にして毎日を過ごしましょう。

自分の感情を認めること。
認めた上で、
大ごとにしない。

腹を立ててもいい。不安がってもいい。
けれども、感情に振り回され、自分を見失ってはいけない。

第3章

私が歩んで来た道

試練と恵み

与えられた試練に耐えるには

私には、「生まれてきて、すみません」という罪悪感のようなものが、幼い時からありました。それは、四十四歳ですでに娘一人、息子二人を育て上げていた母にとって、私は必ずしも〝欲しい〟子ではなかったからだったとは、後になって姉から聞いたことでした。

この胎内で味わった思いが、裏返しになり、他人より優れていなくては、生きていて申し訳ないという思いとなり、いつしか私は競争心の強い、負けず嫌いの人間になっていました。「和子さんは鬼みたい」と、同級生にいわれ、家に帰ってからも、厳しいしつけをする母に反抗する自分だったと思います。

時は一九四四年末、東京は昼夜を分かたぬ空襲に人々は生命の危険にさらされていました。自分でも、こんなすさんだ気持ちで死にたくないとの思いから、ある日、母校の雙葉《ふたば》にシスターを訪ね、悩みを打ち明けたのです。「新しい自分になりたいのなら、洗礼を受けたらいい」初めてのミッションスクールだったこともあって、在学中はキリスト教に反感さえ抱《いだ》いていた私が、このシスターの言葉をすなおに受け入れ、渡された聖書を読み、特訓を受けて、翌年四月、空襲の最中でカトリックの洗礼を受けたのは、よほど死というものを身近に感じていたからだったのでしょう。

母は私のしたことに大そう立腹いたしましたが、四月末には、東京から山梨に強制疎開せざるを得なくなり、うやむやになりました。山梨で終戦を迎え、東京には十月頃に戻ったように記憶しています。

敗戦後、軍人の家族は経済的に苦労しました。何とかアルバイトして大学を卒業、上智大学の国際学部に就職して働き、当時の修道会入会制限年齢三十歳にギリギリの二十九歳七ヶ月で、ナミュール・ノートルダム修道女会に入会しました。

その後、修道会の命令に従って、アメリカで修練、再び命令で学位を取得して帰国したのは三十五歳の時でした。次の命令で岡山の四年制大学に派遣され、その翌年、二代目学長の急逝を受け、三十六歳で、その大学の初めての日本人学長に任命されました。

十八歳の時の受洗の動機も自己本位のものでしたし、その後、修道院に入るまでの十一年間も、まことにいい加減な信者の生活を送っていた私は、アメリカで過ごした五年近い日々の中で、初めてクリスチャンの生き方というものを習ったように思います。

百余名のアメリカ人修道者が持つ〝生まれつき〟の信仰の深さは、「神は、その人の力に余る試練を与えない。試練には、それに耐える力と、逃れる道を備えてくださる」といううみことばに基づいていました。そして、その中で、私は辛いことも多かったアメリカでの五年を生き抜くことができました。

この同じみことばが、日本に戻ってからの思いがけない試練、経験したこともない管理職、修道院内での複雑な人間関係を受け止め、乗り越えさせてくれました。学校ではトップの地位にありながら、修道院に戻れば、修道年限からいっても、年齢にしても一番の若輩、初めての日本人学長への風当たりの強さと役割への葛藤は、耐えることと、謙虚に生きることを教えてくれました。

「重荷を負って苦労しているものは、皆わたしのもとに来なさい。わたしは心が柔和であり謙遜であるから、わたしの軛《くびき》を受け入れ、わたしの弟子になりなさい」

軛も荷も、取り除いてはくださらない。しかし、負いやすくしてくださる。そのためには、自分が柔和で謙遜にならないといけないのだということ。勝ち気で、いつも〝一番〟を目指していた私に、柔和と謙遜で〝一番〟になりなさいというメッセージでした。

「力に余る試練を与えない神」は、私の八十六年間の歩みの中に、結構たくさんの試練をくださいましたが、お約束通り、耐える力と、逃れる道を、その時々に応じて備えてくださいました。

働き盛りの五十歳の時いただいたうつ病、六十代半ばでかかった膠原《こうげん》病、その副作用による骨粗鬆症《こつそしょうしょう》、三度の圧迫骨折とその痛み、そして逃れることのできない老いの重荷、その一つひとつを、両手でいただいて、これからもみことばに支えられて生きてまいりたいと存じます。

天の父さま
どんな不幸を吸っても
はく息は感謝でありますように
すべては恵みの呼吸ですから

（河野進）

神は、試練に耐える力と、逃れる道を備えてくださる。

神さまは力に余るような試練を与えない。
だから、何があっても信頼して、歩み続けよう。

母の後姿

忘れられない母の背中

五十年以上経った今も、忘れられない母の後姿、それは、私が修道院に入って数ヶ月後、初めての面会が応接間で許された後、一人で門を出て帰っていった時の母の後姿です。

三十歳で修道院に入った時、母はすでに七十代の半ばで、一人で出かけると、時に方角を間違えることもあって、外出には私がいつも付き添っていました。その母を残しての入会。付き添いもなく、一人で会いに来てくれた母の手には、柄の長い空色のパラソルがしっかりと握られ、それをコツン、コツンと突きながら門を出てゆく母の後姿に、見送る私は涙を抑えることができませんでした。

走っていって、パラソルの代わりに手を引いてやりたくても、それが許されない悲しさ、それをかみしめている私に、母は一度も振り返らずに帰ってゆきました。その後姿には、七十年余りの間、母が耐え忍んだに違いない数多くの苦労が刻まれているようで、母の背は、以前よりいっそう丸く、小さくなっていたように見えました。

修道院に入るまでの七年間、家の経済を助けるために私は働いていました。毎月の給料を封も切らずに渡すと、母は押しいただいてから、まず仏壇に供えるのが常でした。その後姿には、歳を取ってから、迷ったあげくの果てに産んだ娘への複雑な思いがにじんでいるようでした。

そんなこともあって、働いた末、修道院に入りたいと申し出た私に、母は「なぜ、結婚しないのかね」といいながらも、あえて反対はしませんでした。入会前の夜だったと思います。風呂場で私の背中を流してくれながら、「結婚だけが女の幸せとは限らない」と呟いた母の言葉が、三十年見慣れた母の後姿を集約していたのかもしれません。

数多くの苦労が刻まれた母の背。

多くを語らなくとも、親の後姿は
さまざまな思いを子どもに伝えてくれる。

夢を持つ

私の選んだ生き方

「お前は、あまりにも現実的に物事を考えすぎて、夢がない」

私は若い時から、六歳上の兄によくいわれていました。

今、自分の生涯を振り返ってみて、たしかに私は〝夢〟を持つことなく、生きてきたように思います。それは、父も母も努力の人たちだったことに影響されたのかもしれません。一度も「夢を持て」といわれたことなく、ひたすら目標に向かって、「今」を確実に生きることを教えられて育ちました。

十代後半は戦争の中で過ごした日々でした。もしその時の私に夢があったとしたら、お腹《なか》いっぱいご飯を食べること、空襲警報が鳴るたびに防空壕に逃げこむことなく、夜ぐっすり眠ることぐらいだったかもしれません。

戦争に負けて、旧軍人の家は、恩給、扶助料の支給も廃止となり、経済的に苦しい生活を強《し》いられました。その中で、医学部に進学した兄と私自身の学費をまかない、家族の生活費を稼ぐ唯一の人間として、私の二十代前半は、アルバイトと学業の両立に苦心する、夢のない生活でした。

大学卒業後、キャリアウーマンとして過ごした二十代後半も、夢を持つゆとりのない日々でした。でも、私は幸せでした。封を切らずに給料を渡した時の母の喜ぶ顔、職場での日々のチャレンジ、それらは充実した日々でした。

三十代間際での修道会入会。私は、夢を持つことと無縁の生活を選んだのでした。

夢を持って生きることもすばらしいです。修道生活では夢でなく、神との一致を目標とする求道の日々が用意されていました。修道者となった私に許される夢は、いつの日か、主イエスのみもとに呼ばれ、そこで永遠のいのちを生きるということだと思っています。

「今」を確実に生きる。

夢を持たずに、ひたすら目標に向かって努力する生き方もある。自分が選んだ道を一歩一歩ふみしめてゆこう。

心の痛み

傷ついた時こそ心を輝かせるチャンス

修道者になってから五十年以上になりますが、その間、傷ついたことも、心に痛みを覚えたこともないといえば、嘘になります。よかれと思って、してあげたことに対して、「ありがとう」のひと言もないどころか、かえって悪者にされた時が、何度あったことでしょう。「飼犬に手をかまれた」思いも、一度ならず味わいました。

思い切り仕返しをしたいと思ったこともあります。それをしないですんだのは、幼い時から、相手のレベルに自分を下げてはいけないという、母の訓《おし》えのおかげであり、「許しなさい」という、キリストの言葉でした。

仕返しをしたら、どんなにスッキリするだろうという思いもありましたが、一方、したらしたで、今度は、相手を傷つけたことからくる心の痛みを、味わわなければならなくなることを、苦い経験から習いました。

自分の心の痛みを癒《いや》すためには、まずは、「思いを断ち切ること」が大切です。いつまでも傷にこだわっていると、その間、私は相手の支配下にあります。人間ですから、きれいに断ち切ることは不可能です。しかし、許すことで、相手の束縛から自由になれるのです。

まだ若く、洗礼を受けて間もない頃、ある方が教えてくださいました。

「あなたの心が痛みを感じるのは、茨《いばら》の冠をかぶったイエスさまが、身近においでになる証拠なのですよ。血が心から流れているとしたら、それは、十字架上のイエスさまのみ傷の返り血だと思いなさい」

傷つけられる時にこそ、イエスさまは近くにいてくださる。私の痛みと流す血は、イエスさまのおそばにいる証拠。そう思う時、傷ついても痛んでもいいと思えるようになりました。

許さない間は相手の支配下にある。自由になるために「思いを断ち切ること」が大切。

仕返しは、自分のレベルを下げる愚かな行為。
相手を許すことは自分のためにもなる。

「許す」ということ

「汝の敵を愛する」ことの意味

私は、九歳の時から親の仇《かたき》を持った人間です。三十数名の陸軍の青年将校と兵士が朝の六時前、トラックで家に乗りつけてきました。父が機転を利かせて、私を座卓の陰に間一髪で隠してくれたのですけれども、将校たちは軽機関銃を据えつけて、私の目の前一メートルの所で父を惨殺《ざんさつ》して帰りました。血の海の中で、父は死にました。その寝室には、父と私しかいませんでした。かくして私は〝父の最期を看取った、たった一人の人間〟になりました。

その父を殺した人たちを「憎んでいますか？」とよく聞かれました。そのたびに私は、「いいえ、あの方たちにはあの方たちの大義名分がおありになったと思いますので、お恨みしておりません」といっていました。

ところが、私が修道院に入って二十年も経った頃でしょうか、あるテレビ局から、二月二十六日のあたりで「どうしてもテレビに出てほしい」と頼まれました。父が死んだのは六十二歳でしたが、一緒に殺された斎藤實《さいとうまこと》内大臣とか高橋是清《たかはしこれきよ》大蔵大臣はもう七十代の方たちで、お子さまは一緒にいらっしゃいませんでした。私は殺された側の唯一の生き証人だからということで、テレビ局へまいりました。するとなんと、私には何の断りもなく父を殺した側の兵卒が一人、同じくテレビに出演するために呼ばれていたのです。

私は本当にびっくりしました。殺した側と殺された側とで話もなく、テレビ局の方が気を利かせてコーヒーを運ばせてくださって、私は「これ幸い」

と思ってコーヒー茶碗《ぢゃわん》を口元まで持ってまいりました。ところが、どうしてもそのコーヒーを、一滴も飲めなかったのです。本当に不思議でした。何でもないコーヒー、それも時間的にも朝の十時半ごろのモーニングコーヒーです。その時私はつくづく「自分は、本当は心から許していないのかもしれない」ということと、同時に「やっぱり私の中には父の血が流れている」ということを感じ、「敵を愛する」ということのむずかしさを味わいました。

頭では許しても、体がいうことを聞かないということがあります。今、私がもし聖書の中の「汝《なんじ》の敵を愛せよ」ということを実行するとすれば、せめて相手の方の不幸を願わないことです。今、相手の人は生きていらっしゃるかどうかはわかりませんが、「老後をお幸せにお過ごしになりますように」と祈ることが私にとって精一杯の、「汝の敵を愛せよ」とおっしゃったイエスさまのみことばを守ることだと思います。

人間は弱いものです。口ではきれいなことをいってもなかなか体がついていかないことがあります。それを体験できたということは、恵みだったと思います。

「シスター、許したいのですけど許せないのです」といわれると「そうですか、私にもそういう思いがあるのですよ」ということがいえるようになりました。言葉でいえても体がついていかないことがあると知り、そんな自分を許すのです。

頭で許しても
体がついていかないことがある。

せめて、相手の不幸を願わないことを
心に留めて生きたい。

結果に責任を取る覚悟

多くの場合、個人的なものは決心と呼ばれ、それに対して、他の人々にも影響を与えるものを、決断と呼ぶようです。

例えば、大学に新しい学科を増設するか否かには、決断が必要とされます。かくして決断は、くだすに先立って、その必要性、メリット、デメリットについて、自分も深く考え、他人の意見、判断を求め、その実行についても、時期、方法などを慎重に検討しなければなりません。そして一番大切なことは、その決断の結果について責任を取る自分の覚悟です。

私は、修道院に入会後、アメリカに派遣され、大学院で教育分野の学位を取るよう命ぜられました。必修科目の一つは「管理と運営」で、受講者の多くは社会人でした。ある日、教授が、管理職を一言で表現するようにと学生に求め、多くの発言がありましたが、その中で私の心に深く残ったのは、「絶えず、決断を迫られる立場」というものでした。日本に戻り、三十代半ばから今日まで管理職として歩んだ私は、その道が「決断と実行」の連続であったことに気付きます。反対を受けつつも実行したもの、中傷を受けたものもあり、実行についても、予想しなかった挫折を味わい、当初の計画を変更せざるを得なかったものもありました。

決断にあたって求められるものは、私利私欲を離れ、他人の意見に耳を傾ける謙虚さと、実行にあたっては、変更も辞さない柔軟性と同時に、やり抜く信念といっていいでしょう。

「うまく行った時は、皆のおかげ。失敗した時は自分の責任」

大学院の講義の中での教授の言葉が、いつも心によみがえります。

すべては神のみ栄えのため、聖霊の照らしを絶えず祈りながら、決断をくだし、実行することこそが、何よりも必要なことなのです。

決断には、私利私欲を離れ、他人の意見に耳を傾ける謙虚さが必要。

決断をくだし、実行するためには、柔軟性と強い信念が必要。
そして、その結果は人のせいにしない。

私とロザリオ

マザー・テレサが教えてくれた祈りの姿

「祈りを唱える人ではなく、祈りの人になりなさい」

これは、マザー・テレサがいわれた言葉の一つです。

一九八四年、十一月も末のことでした。この日マザーは、もう一人のシスターと一緒に朝早く新幹線で東京を発《た》ち、原爆の地、広島へ旅されました。そこで平和、祈りについての講演をされた後、再び新幹線で岡山に来られ、教会をいっぱいにした人たちに話し、さらに、教会内に入り切れないで、モニターでお話を聞いていた人たちに、もう一度、短い語りかけをしてくださいました。

その後、車で私どもの大学に移動なさった時は、すでに夜八時を過ぎていました。朝からの強行軍にもかかわらず、マザーは、床に座りこんでお待ちしていた学生たちに、短いお話をしてくださったのです。

七十四歳のマザーを、構内にある私どもの修道院に宿泊のためお連れした時、時計はすでに十時を過ぎていました。「お疲れでしょう。お休みください」とお部屋にお連れした私に、マザーはいわれました。「今日はまだ、ご聖体の前で祈っていませんから」そして、それから一時間、チャペルで祈り、翌朝四時半まで、おやすみになりました。

マザーは、祈りの人でした。私も祈りを大切にしたいと考えていますが、とかく機械的にロザリオをつまぐっている自分に気づきます。そんな私の心を正してくれるのは、あの夜、一日中の「仕事」を、祈りにすり替えることをせず、ご聖体の前で背をかがめ、頭《こうべ》を垂れて、手にロザリオを握っていらしたマザーのお姿なのです。

そこには、ロザリオの祈りを唱える人ではなく、ロザリオを「祈る、祈りの人」としてのマザーのお姿がありました。

祈りを唱えるだけではなく、祈りの人になる。

ただ祈りの言葉を口にするのではなく、
心から祈り、それを実行できる人になろう。

老いてなお……

歳を重ねた自分を認めよう

「老いてなお……」という言葉には、その次に、ほめ言葉が来てもいいし、皮肉めいた言葉でも構わない、どちらにも使える文言です。

講演をお頼まれして行くと、出迎えの人が、「お一人で、お伴《とも》もなしでいらしたのですか」と、感心したようにおっしゃることもあります。

そうかと思うと、せっかくのお料理だからと努力していただいた私に、「シスターは、お歳に似合わず健啖家《けんたんか》ですね」といわれて、無理せずに、残せばよかったと後悔することもあります。いずれにしても、歳を取ると、どことなくひがみっぽくなっている自分に気づいて、気をつけなくてはいけないと、自分に言い聞かせている今日この頃です。

六十代、七十代の時も、いろいろ病気をしましたが、あまり歳を感じずにいました。それが八十代に入って、急に自分の老いを身にしみて感じるようになりました。そして、しみじみ、この歳になっても、なお仕事をさせてもらえる体に産み、育ててくれた父母に感謝しています。

今、いただいている仕事が、いつまでできるかわかりません。若い時には、他人のためにできていたことが、今は、していただく立場になっていること、三十分でできていたことが一時間かかるなど、自分のふがいなさを感じています。八十六年も働いてくれた目、耳、その他の傷んだ部品に、「今までありがとう」といいこそすれ、責めない自分でありたいと、しみじみ思います。

老いてなおできること、それは、ふがいない自分を、あるがままに受け入れ、機嫌よく感謝を忘れず生きること。忙しかった頃、疎かにしがちだった神との交わりを深めてゆくことでありたいと願っています。

ふがいない自分を受け入れ、機嫌よく感謝を忘れずに生きる。

若い時にできたことが、年老いてできなくなることもある。それでも、今、できることに感謝する。

第4章
相手の気持ちを考える

大切なもの

嫌いな相手でも、その価値は否定しない

私が教えている大学には、児童学科があります。その学生たちに、なぜその学科を選んだかと尋ねますと、「子どもが好きだから」と答えます。それに対して私は、「それも結構です。けれども、好きだけでは子どもたちと接することはできません。好きだけでなくて愛してください」と話します。私たちは、「好き」と「愛する」の違いを知らないといけないのです。

愛するということは、対象の価値に惹《ひ》かれていくということです。例えば、暑い時は日陰に惹かれ、寒い時は日《ひ》向《なた》に惹かれていくように、自然に惹かれ

ていくもの。誰かを愛するということは、その人に魅力を見つけて、それに惹かれていく。つまり、相手の価値を知ってそこに惹かれていくことなのです。

私にも、食べ物の好き嫌いはあります。私はピーマンが好きではありませんが、他の修道女たちの中には、ピーマンが大好きな方もいます。ピーマンは色とりどりで栄養価も高く、その割に安価というように、さまざまな価値があります。私には、その価値を否定する権利はありません。

それと同じことが、人間関係でもいえます。どうしても肌が合わない人がいます。しかしながら、もしそうだとしてもその人の存在価値を否定することは許されないのです。嫌いな相手でも大切にする、否定しない、価値を認めることをやめてはいけないのです。

もう一つ、愛について間違えがちなことがあります。学生が「シスター、私の彼はとても優しいんです」と私にいいますので、「どう優しいの」と聞くと、「携帯で連絡すれば、どこでも迎えに来てくれるし、欲しいというと、大抵のものは買ってくれる」。しかし一人に優しくて、他の人に冷淡だとすれば、それは本当の優しさではありません。そんな優しさは愛と呼べないのです。自分の好きなものだけを愛するのであれば、それは自己愛です。

本当の愛は、全世界とのかかわりとしての愛です。マザー・テレサはとてもいいお手本を示してくださいました。何の報いも見返りも求めず、人々が見捨てておく孤児、ホームレス、人々が嫌がる病人、貧しい人々に愛を注がれました。そうした愛が心の中に育っていくことが大事だと思います。

本当に愛と呼ばれるものは厳しいものです。ドイツの社会心理学者であるエーリッヒ・フロムは、「愛というものは、単なる情熱ではない。それは一つの決意であり、判断であり、約束である」と述べています。

私は相手の何を愛しているのか、私の何が愛されているのか、それがなくなった時も相手を愛し続けることができるのか、という醒めた眼で客観的に判断する。そのうえで忘れてはいけないのが温かい心、相手を許す心なのです。

「醒めた眼」と「温かい心」を持つ。

愛は時に人を盲目にする。冷静な判断と、相手を受け入れる優しさの二つがあってこそ、愛に満ちた人生を送れる。

叱られたら「ありがとう」

叱ってもらえることに感謝する

私は、自分と闘うことなくしては、素直にはなれないと思っています。人はみんな違っているのに、そう考えず、「みんなが自分と同じように考えるはずだ」と思うから腹が立ってくるわけです。もし、自分に対して腹を立てている方がおありになれば、どこが悪かったのかと謙虚に反省する。そして怒りや苛立《いらだ》ちといった自分の心を抑える。このように自分と闘わなければ、素直になれないと思うのです。

自分自身に対して素直であるということは、自分の信念に対して素直であるということです。ところが、「その信念は間違っていますよ」と正された時、それを感情的に受け取らないで、客観的に考えてみる。そして、相手の言い分が正しいと思った時は、「ありがとうございます」と応じる。そうなるためには、自分との闘いが必要です。

相手の方にしてみると、叱らずに、放っておいても構わないのです。愛情があるからこそ叱ってくれたのだと受け止める。本当に愛情があったかどうかわからないこともあるかもしれませんが、「ありがとうございました」という言葉を聞くと、叱った人、怒った人も少し考えます。するとお互いに少しずつ、素直になっていくことができるのではないでしょうか。

一朝一夕に自分を変えることはできません。ただ、失敗しても立ち上がって、次にはもう少し上手に失敗をするのです。なるべき自分になっていくためにはどうすればいいか、日々、自分を見つめ、自分と闘っていきましょう。頭の中で思うだけでは、理想の姿に近づくことはできません。やはり痛みを感じながら、自分と闘っていくことが大事です。自分で自分を自分らしく鍛えていく。その積み重ねで、少しずつ素直さを育んでいくことができるのだと思います。

自分と闘いながら少しずつ素直になってゆく。

叱られた時、相手を恨むのでなく、感謝する。
昂《たか》ぶる気持ちを制御するには、自分との闘いが必要。

ゴールデンルール

他人にいやな思いをさせない二つのルール

成熟した人に必要な民主的人格性の特徴に、「誰とでも温かくかかわっていける」、そして「思いやることができる」ということがあります。それは例えば、自分のすること、しなかったこと、つまり、行為・不行為と呼ばれるものが他の人に及ぼす影響を考えられる人になる、ということです。

「人にしてもらいたいと思うことは何でも、あなた方も人にしなさい」、これは聖書の中のゴールデンルールと呼ばれています。孔子の言葉にも、「己《おのれ》の欲せざる所は人に施す勿《なか》れ」とあります。自分がされて辛いことを人にしない、こちらはシルバールールと言ってもいいかもしれません。そのゴールデンルールとシルバールールを私たち一人ひとり自分のものとしたいものです。

学生たちが話し合っているのを聞くともなしに聞いていると、一つのグループの中の一人が、「私はこの夏ハワイへ行ってきたの」といっていました。するともう一人が、「あら、私はヨーロッパへ行ったわ」と、ハワイへ行ったことを話したい学生の話の腰を折ってしまったのです。

私たちはとかく人の話の腰を折る、遮《さえぎ》る、ということをしがちですが、気を付けたいと思います。民主的な人格性、つまり、私たちが大人としての特徴をあらわにするものの一つとして、相手の言うことに耳を傾ける、そしていうべき時にはいうけれども、いわなくていいことを相手の話を遮ってまでいわない。そこに「思いやり」があるのです。それは自分の行為・不行為がどれだけ相手の人に迷惑をかけているか、いやな思いをさせているか、または幸せにしているかを意識して行動する、ということになります。

私たちには、耳が二つあって口が一つしかないことを覚えておきましょう。

自分がされて嬉しかったことは、ほかの人にもする。

自分の行為が相手に与える影響を考えられる人間になろう。
耳は二つ、口は一つ。相手の話を遮らず、聴くことの大切さ。

ぬくもり

“の”の字の哲学

私が勤めているノートルダム清心女子大学では、卒業間近の学生が神父さまのお話を聞く時間があります。

弁護士の資格も持つ神父さまは「僕は神父で結婚していませんが、弁護士としてさまざまなご夫婦の相談を受けます。そこで、あなた方に夫婦円満の秘訣を教えます」と話し始められました（三十年ほど前ですから、今と違って早く結婚する人も多かった頃です）。

「もし、夫が仕事から帰って『あぁ疲れた』といったら、『疲れたの？』といってあげてください。夏『暑かった』と帰宅したら、『暑かったの?』といってください。これが〝の〟の字の哲学です」とおっしゃいました。

「相手が『疲れた』といった時に『私だって疲れています』とか、『暑かった』という言葉に『夏だから当然よ』といえば喧嘩《けんか》になります。まず、相手の気持ちを受け止めてください。自分の言い分もあるでしょう。しかし、その気持ちを少し抑えて相手の気持ちになる。それがとても大事なのです」と、おっしゃいました。

これは私たちにとっても大切なことです。

例えば、友だちの話の途中で、自分が話し始めていませんか? これは〝の〟の字の哲学をしていないことになります。時には、それなりの応対をしなければならない場合もありますが、相手の気持ちを思いやり、ぬくもりのある応対をしましょう。〝不親切ではない〟ことに甘んじないで〝親切〟を心がけましょう。〝冷たくない〟だけでは不十分です。〝ぬくもりのある〟応対が求められています。

自分の言い分を少し抑えて、まず相手の気持ちを受け止める。

「の？」というひと言で、相手の気持ちに寄り添う。気持ちが寄り添えば、二人の間に「ぬくもり」が生まれる。

壁を乗り越える

挫折や障碍物が人を強くする

「今の子どもたちは打たれ弱い。その理由の一つとして考えられるのは、この子たちは、海で泳ぎを習わず、プールで習ってきているからだ」といった人がいます。つまり、波にぶつかる機会がないまま育ってしまったために、世間の荒波にぶつかった時に、対処できないのだということでした。

道路についても同じことがいえます。今やほとんどが舗装されていて、デコボコの道、泥んこの道、石ころ道を歩くことは少なくなりました。しかしながら、私たちの一生は決して平坦な道ばかりではなく、波風の立たない、適当な温度調節がされたプールでもないのです。たくさんの障碍物《しょうがいぶつ》が立ちはだかり、行く手を塞《ふさ》ぐ壁となっています。

育っている間、したいことは何でもさせてもらい、したくないことはしなくてもいい。そして、それが〝自由〟であるかのように育てられた子どもたちは、壁にぶつかった時にどうしてよいかわからず、落ち込んだり、生きる勇気まで失ってしまうことがあります。

〝壁〟というものは、人間が成長するためになくてはならないものです。世の中の厳しさを知るために、何もかもが自分の思い通りに行かないことに気づくために必要なものなのです。

壁にぶつかることで、人は、今まで持っていた自分の価値観と異なる価値観があることに目覚め、自分を振り返り、自分の生き方、主義主張を見直すよい機会ともなります。

〝壁〟はかくて必ずしも、乗り越えないといけないものばかりではなく、必要な存在でもあるのです。世の大人はもちろんですが、親、教師の立場にある人たちこそは、愛情をこめて、子どもの壁になるべきだと考えています。

人間が成長するために〝壁〟は必要。大人は愛情をこめて、子どもの壁になるべき。

世の中には自分の思い通りにならないことがあると子どもに教えるのも大人の役割。

環境破壊について

ダイオキシンを出さない生活

現在、ダイオキシンによる健康被害が叫ばれ、車の排気ガスを少なくし、ゴミの分別をていねいにして環境浄化に心を砕いています。

私は、不機嫌は、立派な環境破壊だと思うのです。不機嫌な顔つき、相手を傷つける言葉、冷たい態度、無視といったダイオキシンを、家庭で、職場で、通勤途中などで撒《ま》きちらしていないでしょうか。特に家庭で、配偶者や子どもたちに、平気で浴びせてはいないでしょうか。

「恐ろしい顔付きの平和主義者は本物ではない」といった人もいます。

心に平和を保ち、笑顔を大切にしたいものです。嫌なこと、腹の立つこと、愚痴りたいこともいっぱいあり、言い返したいこと、仕返ししたいこと（それも倍返しで）もあります。

そんな時に、幼い時から母に繰り返し言われたこと、「あなたの大きさは、あなたの心を乱すものの大きさなのですよ」「あなたには、他人の生活まで暗くする権利は、ありません」が、心によみがえってきて、自分を冷静にし、正してくれます。

いじめが跡を絶ちません。今、子どもたちの心をむしばんでいるもの、それは案外、測定できない大気中のダイオキシン。私たちが口から出している心ない言葉、表情、態度なのかもしれないのです。

笑顔の多い家庭には、必ず相互の許し合い、思いやりの言葉があります。

許すこと、ほほえみを交わし合うことを惜しまないようにしましょう。一生の終わりに残るものは、我々が集めたものではなくて、我々が与えたものなのですから。

私たちには、他人の生活まで暗くする権利はない。

ダイオキシンを出さないように
気を付けましょう。

独自性

それぞれが“たった一つの花”として咲く

比較を常にしてしまいがちの人は、劣等感の塊、または優越感の塊になりがちです。私と全く同じ人間は、世界広し、宇宙広しといえども、二人とおりません。オーストリア出身の宗教哲学者、マルチン・ブーバーは、「この世に新しく生まれいずる赤ん坊は、それまで誰も持っていなかった新しいもの、独自なものを持って生まれて来る。その人の生まれる前に同じ人は一人もいなかった。その人が死んだ後、同じ人は一人としてこの世に現れることはない。もしあったとしたら、その人は生まれて来る必要はなかったのだ。

その人は、自分が唯一の、独自な人間であることを知る義務がある」ということをいっています。

たとえ自分がどんなに惨めになっても、人と比べて「どうして私はこんな馬鹿なことをしたのだろう。こんな取り返しのつかないことをしてしまったのだから、もう死ぬよりほかはない」と思ったりしないようにしましょう。確かにそういう時もあります。私も自己嫌悪に陥って、「私なんかこの世の中に生きていていいのだろうか」とシスターになってからも思ったことがあります。その時に、マルチン・ブーバーの「人にはその人にしか果たせない使命がある、その人しか与えることができない愛がある」という言葉を自分に言い聞かせ、どんなに辛い時でも、自分で自分のいのちを絶つ、または劣等感の塊になって自らを苛《さいな》むようなことはやめようと思いました。

私たちはとかく人と自分とを比較しがちです。優れた方を見たら、落ち込むのではなく、努力目標にしましょう。「あの人のように思いやりのある人になろう」「あの人のように努力する人になろう」。自分が落ち込んでも何にもなりません。自分よりも劣っているとしか思えない人を見た時にどうしたらいいか。その時には反面教師にしましょう。

「あの人のように人を傷つける言葉を出さないように気を付けよう」。なぜなら私が傷ついて、非常に苦しかったから」

私は、「我《われ》以《い》外《がい》皆《みな》師《し》也《なり》」という言葉が好きです。長いこと教員生活をさせていただいておりますが、学生、小学校の児童、幼稚園児、保護者、どなたからでも何かしら教えてもらうことがあります。「我以外皆師也」、そういう謙虚な心を忘れたくありません。

私は私、人は人という「独自性」。私はこの世の中にたった一人の、名前を持った、かけがえのない〝世界にただ一つの花〟なのだから、ほかの人の真似《まね》をしなくてもいい。比較するのなら、努力目標として、または反面教師として見たらいいのです。あなたはあなたのままでいいのです。ほかの人になる必要はありません。また、ほかの人をあなたと同じように考えるはずと思ったら大間違いです。皆ユニークな一人ひとりなのです。尊敬し合って、習うところは習い、捨てるところは捨てていきましょう。

ほかの人になる必要はない。また、ほかの人をあなたと同じだと思うのは大間違い。

私たちの一人ひとりが、かけがえのない存在。
人と比べて落ち込まなくてもいい。努力目標にしよう。

問題中心的な態度

「何が問題か」に目を向ける

幼い子どもは、自分の思い通りにならないと、とにかく泣くだけ、怒るだけです。それに対して、大人とは、問題が生じた時にただうろたえるだけではなく、どうしたら問題を解決できるかを中心に考えることができる人のことです。それを中心に考えられないと、その問題のまわりをぐるぐる回っているだけで、解決するところまで行くことができない場合があります。

ある朝、修道院の台所の排水口が詰まって、水が流れなくなりました。その時に、成熟度の低いシスターたちの対応と、成熟度の高い「大人」のシスターたちの対応とが分かれました。成熟度の低いシスターたちは、「一体誰が最後に使ったんだろう」「何を流したんだろう」「誰が？」という犯人探しをしたのです。それに対して、成熟度の高いシスターたちは、「どうしたら水が流れるだろう」「作業してくれるおじさんを呼んで来なければいけないかもしれない」「もしかしたら、特別な器具で詰まっている物を取り出さないといけないかもしれない」と、問題解決のほうに中心を置くことができたのです。

このためには冷静さが必要になります。とかく私たちは、「誰がしたか」ということに走りがちで、「何が問題か」ということを忘れがちです。「誰々さんがいったことには反対する」「誰々さんがいったことは賛成する」という人たちもいれば、「誰がいおうと正しいことには賛成する、正しくないことには反対する」「大好きな人がいったことでも、自分がそれに同意できないときには反対する」「大嫌いな人がいったことでも、自分もそれは正しいと思ったならば潔く賛成する」という人たちもいます。誰がいったかではなく、何がいわれたか、何が問題かに中心を置くことは、成熟した人の一つの特徴になります。

誰がいったかではなく、何がいわれたか、何が問題か、に中心を置く。

犯人探しをしていても問題は解決しない。
冷静になり、問題の本質を見極めることが大事。

最期のまなざし

愛とは能率や効率を考えないもの

一九八四年にマザー・テレサは日本を訪問され、私は通訳をさせていただきました。その時のことです。マザーのお話の後、一人の男性が質問をなさいました。

「私はマザーを非常に尊敬しています。しかし一つ、わからないことがあります。なぜ少ない薬や十分とはいえない人手を、手当てしても死んでしまうに違いない危篤の人たちに与えるのですか」と。その男性は暗に、無駄ではないですか、とおっしゃりたかったのでしょう。

マザーの診療所は本当に貧しく、わずかな薬しかありません。そして世界中から集まったボランティアの方々が懸命に働いていますが、それでも世話をしきれないほどたくさんの貧しい人、病気の人、死にかけた人たちがいます。ですから男性の質問は、ある意味で当を得た質問で、私も通訳をしながら本当にそうだと思いました。どうお答えになるかと思っていたら、マザーは毅然《きぜん》として「私はこれからも与え続けます」とおっしゃいました。

カルカッタに「死を待つ人の家」と呼ばれるマザーの施設があります。路上などで死にかけている貧しい人たちが安らかに死を迎えるための場所です。そこにいる人たちは、ほとんどが望まれずに生まれた人たちで、人々から邪魔にされ、ついには、自分は生きていても生きていなくても同じだ、むしろ生きていないほうが世のためではなかろうか、神や仏も助けてはくれなかった、そういう思いを抱いた人たちです。

それが「死を待つ人の家」では、生まれてから飲んだことのない薬を飲ませてもらい、受けたことのない温かい人手をかけてもらう。また、名前や宗教を尋ねられ、一人の人間として認めてもらうのです。看護の「看」という字は「手」と「目」と書きます。お薬などももちろん大事ですが、看護の原点は温かい手とまなざしであり、そのぬくもりにより人の心は癒され、満たされるのです。

「投薬や温かい手とまなざしの看護を施すと、ほとんどの人が〝ありがとう(Thank you)〟といって亡くなります。親や世間を恨み、神や仏はいないと思いながら亡くなってもおかしくない人たちが、死の間際に感謝するのです。そのために使われる薬や人手ほど尊いものはありません」とマザーはおっしゃいました。私たちはとかく、効率的・合理的に考えようとしますが、私は通訳をしながら、自分も大事なことを忘れていたと思いました。

マザーは「死にゆく人たちの最期のまなざしを、私はいつも心にとどめています。そしてこの世で見捨てられた人々が、最期の大切な瞬間に、愛されたと感じながらこの世を去ることができるためになら、何でもしたいと思っています」ともおっしゃっています。すばらしい言葉であり、尊いお気持ちです。

マザーは世界中を飛び回っていましたが、どこにいても心の中には常に貧しい人、病気の人、そして死にゆく人たちへの最期のまなざしがありました。私にはできないことです。その人たちが一生を終える大事な時に、自分は愛された、人間として扱ってもらったと感じてこそ、「ありがとう」という言葉が出るのです。

マザーは、「ほほえみさえ浮かべる人がいるんですよ。それは本当に美しいことです（It is so beautiful）」と、おっしゃいました。お化粧などの表面的な「美」ではなく、辛かった人生を水に流し、感謝の言葉とほほえみとともに死んでゆく、それを「美しい」とおっしゃったのです。マザーのお仕事は、憐《あわ》れみをかけることではなく、一人ひとりが人間の尊厳のうちに、生き、かつ死ぬことができるようにという願いの発露でした。

看護の原点は
「看」の字が示すように、
温かい手とまなざしであることを
忘れてはいけない。

医療機器が発達しても、ぬくもりは伝えられない。

思いやりの言葉が人の心を救う

私はかつて学生たちに、「体のご不自由な方がおいでになったら、走っていって、ドアを開け、お通ししてドアをお閉めしましょう」と教えたものですが、自動ドアが普及した現在、そうした機会は減りました。自動ドアはとても便利です。車椅子の方でも、ドアの前に行きさえすれば自動でドアが開閉します。

ある方が「文明とは人が一人で生活することを可能にするものだ」とおっしゃっていましたけれど、本当にその通りで、自動ドア、自動洗濯機、電子レンジ、加工食品といった便利なものは、相互の助け合いを不要にし、人に対しての温かい思いやり、ぬくもりを忘れさせがちです。

マザー・テレサが「愛の反対は憎しみではなく、無関心です」とおっしゃいました。

「愛」の反対語は「憎しみ」ですが、本当の反対は愛の不在です。誰かを「憎い」と思う時、そこにはまだその人に対する関心があります。それは必ずしも望ましい、人と人との温かいかかわりではないかもしれません。けれど、少なくともかかわりは存在します。

一番恐ろしいのはかかわろうとさえしないことです。そして、相手が自分同様、喜びや悲しみを感じる人間であることを忘れ、人を物のように扱うことです。

私が朝食を片づけているところへ、花粉症のシスターが来て「昨日は鼻が詰まって、真夜中まで眠れなかった」とおっしゃいました。そこで私は「シスター、お医者様のおっしゃった通り、お薬をお飲みになったの？」といいました。いってから反省いたしました。

私は、シスターの言葉を無視したわけでもありませんし、不親切な返事もしておりません。でも、不親切ではないけれども、親切でもなかったことに気付きました。

ある方が入院中に眠れずにいたので、お医者様に相談すると、「わかりました。では、薬の量を増やすか、薬を変えてみましょう」とおっしゃったそうです。その後看護師さんにも同様に打ち明けると、「夜が長かったでしょうね、辛かったでしょうね」といってくれて、その言葉に自分は救われたと、私に話してくれました。それを思い出し、なぜシスターの気持ちを受けとめて「辛かったでしょうね。今朝は眠いでしょうね」と、ぬくもりのある受け答えをしなかったのかと反省したのです。

不親切ではなくても親切さに欠ける自分に気付く。

忙しすぎたり、便利なものに囲まれていると、つい機械的になってぬくもりのある言葉を忘れやすい。

解説

澤地久枝

渡辺和子さんは、岡山のノートルダム清心学園理事長、ベストセラー『置かれた場所で咲きなさい』（幻冬舎）の著者である。わたしには、昭和六十一（一九八六）年七月十二日のことが、まざまざと思い出される。

この日は、昭和十一（一九三六）年二月二十六日、「クーデター」事件（二・二六事件）を起こして、渡辺錠太郎《じょうたろう》教育総監、斎藤實《さいとうまこと》内大臣、高橋是清《たかはしこれきよ》蔵相ほかを殺傷し、軍法会議で死刑を宣告された男たちが銃殺刑になった日から、五十年目の命日だった。

麻布《あざぶ》賢崇寺《けんそうじ》の受付に、黒いベール、白い修道着姿の和子さんが立った。襲撃された側の遺族として、はじめての法要参加だった。そのあと、境内の二十二士之墓へ詣でる。その墓前に安田優《ゆたか》・高橋太郎少尉の弟、安田善三郎、高橋治郎両氏の姿があった。「申し訳ありませんでした」と和子さんに言う二人の頰を涙がしたたり落ちた。

三歳とし上の和子さんは、清らかでかわいい「妹」のような人で、私がそう言ったからか、「妹より」という便りをもらったこともある。

和子さんは九歳のとき、眼前で父の命を奪われ、九年後の四月、焼け野原の東京で受洗してクリスチャンになっている。

渡辺錠太郎夫妻には二男二女の子どもがあり、彼女は父五十三歳、母四十四歳のときの末っ子である。総領の姉とは二十二歳の年齢差があり、当時旭川の第七師団長の父は、ためらう妻に「男が子どもを産むならおかしいが、女が産むのになんの恥ずかしいことがあるものか」と言った。

父渡辺錠太郎はこのとき陸軍中将（のち大将）、師団長がどれくらい偉いか、軍隊のなくなったいま、比べようがない。

明治七（一八七四）年に生まれ、義務教育が四年制の時代に、小学校四年卒業後、独学で陸軍士官学校にすすむ。他の士官候補生よりは二歳ほど年長だった。卒業時の成績は、歩兵科二百六名中の四番。陸軍大学校は首席で卒業している。この期の前後に戦死者が目立つのは日露戦争参戦のためで、渡辺錠太郎も負傷している。大正十五（一九二六）年三月から旭川の第七師団長になり、昭和十（一九三五）年七月、教育総監になった。

二月十一日が誕生日の和子さんはその日、小学三年生だった。記憶は何歳のときまでさかのぼれるものだろうか。すべてをくっきりおぼえていることは不可能で、浮き島のように、忘れられない断片がきざまれる。

「和子はお母様のところへ行きなさい」

応戦のかまえをしようとしている父に言われたのが、最期の声だった。眼前の父の死。かわいがられて、水戸へ梅見に行ったとき、父の膝に抱かれたぬくもりをなつかしく思う。一生分の愛をもらったという。その八十六年の人生で、二・二六事件以上の経験はあるまい、とわたしは思う。

母の反対を押しきって、昭和三十一（一九五六）年ノートルダム修道女会へ入る。二十九歳だった。

戒律があって、
キリストを配偶者として、

独身生活を守る「貞潔」、
私有財産をもたない「清貧」、
神の御旨に対する「従順」。
この三つの誓いを生きる。容易なこととは思えない。だが杉並区荻窪のわが家から、武蔵野市吉祥寺のノートルダム修道院へ入った。
七十過ぎの母が、月に一回の面会に来る。帰ってゆく母の丸くなった背中の孤独さに娘は涙をこぼす。修道院ではすべて共有で、いちばん末端の仕事からやらねばならない。ふとんもハンカチも、「これがわたしのもの」はなかった。修道院での第一日、想像以上のきびしさに渡辺和子は泣いたという。
会うとすぐ『置かれた場所で咲きなさい』のことをたずねる。このひかえ

めな本がベストセラーであるのは、時代と社会状況が彼女の語る声を聞こうとしているからと思える。部数は、

「百八万部と今朝連絡がありました。わたくしは本を書くことに前向きではなく、かつて書いたもの、日記に書いておいたものを抜き書きして、編集者に渡したのです」

本のはじめに「修道者であっても、キレそうになる日もあれば、眠れない夜もあります。……自分をなだめ、少しだけでも穏やかにする術《すべ》を、いつしか習いました」と書かれている。

修道院に入って間もなく、アメリカに派遣され、五年間学び、博士号を取得して帰国した。横浜港で見送ったときも、出迎えたときも、母の姿があった。涙を見せなかった気丈な母は、修道院の命令で新しい任地岡山へゆく娘

とまたひき離される。

帰国した翌年の先代学長の急死によって、三十六歳の和子さんは三代目のノートルダム清心女子大学の学長になった。シスター生活もあさく、若く、しかもはじめての日本人学長である。

大学ではトップの地位でも修道院内では一番の新参者で、この役割は辛かった。人びとの予想にはなかった新学長として心乱れることも多い日々、一人の宣教師から短い英詩を手渡される。

Bloom where God has planted you.

この一行からはじまる詩。咲けない日は、「根を下へ下へと降ろしましょう」と彼女自身の言葉が書かれている。和子さんの言葉は、とても具体的だ。「咲きなさい」の言葉は、指示的で教師的とわたしははじめ思った。しかし、渡辺和子が命令しているのではない。彼女もまたその詩句に心をひかれ、納得した。己れの生き方をふりかえっている一冊なのだ。

人の裏切りとか挫折とか、試練にぶつかったとき、神はつねにあり、負えない荷物を背負わせることはないと思えるか、思えないか。わたしは信者ではないが、聖書をよく読む。背負えない荷物は課せられないと思って、いつも辛いときをのりきってきた。

「明日は明日みずから思い煩《わずら》わん。

一日の苦労は一日にて足れり」

これは新約聖書「マタイ伝福音書」にある。何度この言葉に救われたことか。わたしもウツになる要素をかかえもっている。旧約聖書にもたくさん傍線がひいてある。しかし入信しようと思ったことはない。

この本の中で、和子さんは、在学生や卒業生とふれあい、自身が生きてきて出会ったことを重ねあわせている。生き方に示唆をもらった詩句もたくさん引用されている。語り口はおだやかだが、明晰である。千円という値段、手にしやすい薄手の新書版と、この本が百万部をこえるのは、当然と思える。著者のやさしい素直な心が読者の心にしみとおってゆくのだろうと思う。

五十歳になって二年ほど、ウツになったという。ウツからの回復後に、わたしははじめて会ったことになるが、そんな気配も感じなかった。

そのとき追いつめられた和子さんは自殺を考えたという。入院した病院は崖の上に建っていて「ここから飛び降りれば」「ここにヒモをかければ」死ねると思っていた。二か月後、シスターに岡山の修道院につれかえられ、はじめてウツだったと聞く。自分はなにもできないと苦しんでいた日、日記に

「むごい」と書いたという。役職の重さに耐え、耐えきれず、理由も知らない苦悩だった。

入院中、プロテスタントの医師から「ウツは信仰となにも関係はない」と言われ、またカトリックの医師は「シスター。運命は冷たいけれど、摂理は温かいです」と言った。だんだん、「なんのために病気になったのか」と考えるように発想がかわった。まわりのシスターたちがやさしかった。だらしがないとか、がんばりなさいと言われなかったという。ウツの人たちに対する「封じ手」が自身の通ってきた回復の道すじとして語られる。

入院して二日間、ずっと眠っていたというのは、管区長と学長兼任の三年間どんなに疲れ果てていたかを語っている。和子さんと自殺。考えてみたこともない。人生のはじまりで、人の知らないきびしい試練に出合い、それに負けないで生きてきた人なのだから。戦後、母と二人、恩給のとだえた家庭をささえるため、昼間は学生をやり、夜は英語を必要とするアルバイト。卒業した後も次兄の勉学のため五年働いた。その後、修道院に入ってアメリカでの厳しい修練と勉学。帰国してすぐの管理職。疲労の蓄積がウツを招いたとわたしは思う。

いま、学生たちはすぐ落ちこむと彼女は言う。そして、リストカットを何度もくりかえす。「これは、アテンションのサインなの、死ぬ気はないのです」。助けて、声をかけてと信号を発している。学生に「わたしもそうだったのよ。でもいま、こうしている。あなたもきっと良くなりますと言います」。

二千四百人の大学生たち。訪ねたとき、学生のなかに、茶色の髪をいくつか見た。

「新入生ですね」と和子さん。この人たちも自然に自分の髪にもどる、時間が必要なのだという。「うちの学生は挨拶ができるし、笑顔がいいですよ」と笑顔で言う。

学生ひとりひとりと接触のある大学にしたいと思い、教師たちもよく協力してくれた。メモの形で相談してくる学生たちに、答えていかねばならない。寄りそって答えをさがす。手をとって、なにも言わずというときもある。だからこの人はいくつになっても若い感性なのだと感じた。

長兄は九歳上の女性と結婚し、母に出入りをさしとめられた。兄たちは軍隊に在籍、戦後次兄は学び直して医師になった。いまは和子さんひとりが生きている。

アメリカの大学で、英文の博士論文のタイトルは「日本における親孝行の概念の変遷」だったという。ノートルダム修道女会はこの人に、教育者《リーダー》となる素質を認めて方向をきめ、和子さんは命じられるまま、学んだ。そして帰国後、任地は岡山になった。七十九歳になっていた母は「生きているうちに帰ってきてくれた」と喜んだが、岡山へは一度も来ていない。年に一回、許されて母に会いに行くが、泊まることは許されなかった。

ひとりになった母は「やっぱりボケましたね」と言う。「私は人様のお世話にはならない」と強かった人が入院して、すべて人まかせになる。いつもにこにこ、にこにこして、「渡辺さんのおばあちゃま」と看護師たちに愛された。しかしやがて訪ねていった和子さんがわからなくなった。一九七〇年、八十七歳で逝く。入院病室のとなりにいたのは鈴木たかであるという。はじめて知ることだった。たかは二・二六事件で襲撃され、瀕死の重傷をおった鈴木貫太郎侍従長（海軍大将、敗戦時の首相）のかたわらにいて、「とどめは刺さないでください」と言って夫を救った妻である。なんという歴史を生きた二人だったのかと思う。

いまも月曜日には、九時から九十分の授業をする。二百五十人の教室はいっぱいになる。マイクを使う。「立っているほうがラクです」と言うのは、骨粗しょう症で脊椎の圧迫骨折をしているから。激痛だったという。

和子さんは平成二（一九九〇）年、東京へ帰り、神父がひきついできた日本カトリック学校連合会の理事長になった。シスターの理事長ははじめてということで、辛い任務になった。そして多発性筋炎（膠原病《こうげんびょう》）をわずらう。ステロイドが使われ、知らぬうちに骨粗しょう症になっていた。

東京で昭和女子大学、自由学園、さらに岡山のノートルダム清心女子大学と三か所で教え、痛み止めの座薬をいれて教壇に立った。二度の骨折で背中は丸くなり、十四センチも身長がちぢんだ。身長にあわせて体重をへらすべく、間食を食べない努力をしている。

昭和六十一年七月十二日の法要出席にはのちの物語がある。安田優陸軍少尉はただ一人、デスマスクをとられていて、眉間に弾痕がはっきりのこっている青年だ。弟の安田善三郎氏は、その後カトリックの洗礼を受けた。和子さんに連絡をとり、ともに旭川へ行くなど親しくされていることは知っていた。

旭川の層雲峡には、和子さんの父が篆書《てんしょ》で書いた碑がある。かつて軍内の結核患者のため、赤十字病院を建てたことを記念する碑で、たずねた日、荒れはてた廃墟となり、草むらに埋もれていた。同行の安田善三郎氏は、鎌でその草を刈った。この碑には父の参謀長であった斎藤瀏《りゅう》（のちの予備陸軍少将）が名をつらねている。この人は事件後、反乱幇助で禁錮五年になっている。

渡辺錠太郎の葬儀の日、日頃かわいがっていた二頭の馬が連れられてきていた。弔砲が鳴ったとき、いななく声がしたと和子さんは言う。九歳の日の記憶である。

――作家

「ゆうゆう」２０１３年７月号　主婦の友社に掲載されたものに加筆修正を加えました。

この作品は二〇一三年十二月小社より刊行されたものです。

幻冬舎文庫

●最新刊
置かれた場所で咲きなさい
渡辺和子

置かれたところこそが、今のあなたの居場所。自らが咲く努力を忘れてはなりません。どうしても咲けないときは根を下へ下へと伸ばしましょう。心迷うすべての人へ向けた、国民的ベストセラー。

●最新刊
この世に命を授かりもうして
酒井雄哉

「工夫して、失敗して、納得する」「一期一会は不意打ちで来る」「命は預かりもの」。荒行・千日回峰行を二度満行した「稀代の行者」が自らの命と向き合って感得した人生の知恵。

●最新刊
一〇三歳になってわかったこと
人生は一人でも面白い
篠田桃紅

「いつ死んでもいい」なんて嘘。生きているかぎり、人間は未完成。世界最高齢の現代美術家が、「百歳はこの世の治外法権」「どうしたら死は怖くなくなるのか」など、人生を独特の視点で解く。

●最新刊
明日この世を去るとしても、今日の花に水をあげなさい
樋野興夫

「たった2時間の命にも役割がある」「大切なものはゴミ箱にある」——3千人以上のがん患者、家族に生きる希望を与えた「がん哲学外来」創始者、心揺さぶる言葉の処方箋。

●最新刊
心がみるみる晴れる
坐禅のすすめ
平井正修

毎日5分でいい。静かな場所で、姿勢を調え、長くゆっくり呼吸。それだけで〝心の自然治癒力〟が高まる。不安、迷い、嫉妬、怒りに、もう悩まされない。ストレスの多い現代人を救うシンプル術。

幻冬舎文庫

●最新刊
ちょっとそこまで旅してみよう
益田ミリ

金沢、京都、スカイツリーは母と2人旅。八丈島、萩はひとり旅。フィンランドは女友だち3人旅。昨日まで知らなかった世界を、今日のわたしは知っている――明日出かけたくなる旅エッセイ。

●最新刊
ふたつのしるし
宮下奈都

田舎町で息をひそめて生きる優等生の遥名。周囲に貶されてばかりの落ちこぼれの温之。二人の〝ハル〟が、あの3月11日、東京で出会った。出会うべき人と出会う奇跡を描いた心ふるえる愛の物語。

●最新刊
私たちはどこから来て、どこへ行くのか
宮台真司

我々の拠って立つ価値が揺らぐ今、絶望を乗り越え社会を再構築する一歩は、「私たちはどこから来たのか」を知ることから始まる――戦後日本の変容を鮮やかに描ききった宮台社会学の精髄。

●最新刊
有頂天家族 二代目の帰朝
森見登美彦

狸の名門・下鴨家の矢三郎は、天狗や人間にちょっかいばかり。ある日、空から紳士が舞い降りる。正体が知れるや、狸界に激震が。矢三郎の「阿呆の血」が騒ぐ！ 人気シリーズ『有頂天家族』第二部。

●最新刊
誓約
薬丸 岳

家族と穏やかな日々を過ごしていた男に、一通の手紙が届く。「あの男たちは刑務所から出ていま す」。便箋には、ただそれだけが書かれていた。送り主は誰なのか、その目的とは。長編ミステリー。

面倒《めんどう》だから、しよう

渡辺和子《わたなべかずこ》

平成29年4月15日　初版発行

発行人――石原正康
編集人――袖山満一子
発行所――株式会社幻冬舎
〒151-0051東京都渋谷区千駄ヶ谷4-9-7
電話　03(5411)6222(営業)
　　　03(5411)6211(編集)
振替00120-8-767643
印刷・製本―図書印刷株式会社
装丁者――高橋雅之

幻冬舎文庫

ISBN978-4-344-42611-5　C0195　心-7-2

幻冬舎ホームページアドレス　http://www.gentosha.co.jp/
この本に関するご意見・ご感想をメールでお寄せいただく場合は、
comment@gentosha.co.jpまで。